旅行直播

张成新 图/文

文匯出版社

自得其乐几句

两年前的《微美旅欧》，我"自言自语几句"，两年后的今天，为这本《旅行直播》，我要"自得其乐几句"。

旅行实在是人生中最快乐的一件事。生我养我的国家是怎么样的？滋生人类的地球又是怎么样的？不看看不见见，不闻闻不想想，心有不甘。南非南美，美利坚新西兰，阿联酋加拿大，波斯湾日本海，太平洋大西洋，天南地北，海阔天空。北极南极，暖流寒潮，草原丛林，火山冰川，这里那里，有我的足迹，响我的声音，留我的文字，无憾也。有人曰：人生几何，对酒当歌。我曰：人生一乐，对"游"当舞，乐哉乐哉。

美景当留，美图当存，美文当写，美书当读。所谓"行万里路　读万卷书"，就是这个简简单单的理。《微美旅欧》配的是诗，这本书配的是文——散文。散文者，我钟爱。短小精悍，字字珠玑，一个景点，一个场面，一个片段，一个角度，一个物品，一个人物，一件小事，或叙述，或描摹，或写真，或感叹，或说理，或点赞，或思考，或评点，或断想，或推崇……自由自在，汪洋恣肆，任我驰骋，任我飞翔，任我书写，任我发挥，人生又一乐也。

高科技可以改变社会，改变生活，也可以改变旅行。异国他乡，高山峻岭，汪洋大海，相隔万里，当年，传一个信息，发一个声音，长途申话，短信往来，不便且费用昂贵，即时传一张照片，晒一个画面，更是何其艰难，断不可能。如今，智慧人士创造发明WIFI，神奇的微信，即时即刻，美图美文，迅速传送，分秒不差。于是，便流行直播。直播，妙哉，朋友粉丝，同时分享，岂不又是人生一乐？

我灵光一闪，计从心来，此书取名《旅行直播》，倒也入情入理，名副其实。呜呼，又是一乐。

自得其乐，乐在其中。

目录

瑞士
南非
阿联酋
加拿大
新西兰
美国
日本
智利
秘鲁
阿根廷
巴西

/6 妖娆少女峰
/48 浩淼好望角
/72 神话迪拜
/84 奇幻梦莲湖
/112 梦境皇后镇
/144 鬼斧神工大峡谷
/192 花海富良野
/256 酒醉葡萄园
/268 兴衰王朝马丘比丘
/282 冰封火地岛
/303 桑巴狂欢节

瑞 士

瑞士

妖娆少女峰

　　瑞士，一个小巧玲珑的国度，像一颗灿烂的明珠镶嵌在欧洲的中部。它没有海岸，却有旖旎的日内瓦湖；它没有喜马拉雅的世界屋脊，却有杜富尔的阿尔卑斯的第二高峰，以及妖娆的少女峰。

　　少女峰，云雾缭绕，神秘莫测。少女峰的峰巅终年云绕绕，雾蒙蒙，少女般的羞涩，少女般的矜持。她的脚下，则是一座英国风情的小镇——因特拉肯，欧洲著名的度假胜地。

　　与因特拉肯遥遥相对的是卢塞恩，又一个精美的旅游城市。14世纪的古老城墙，幽静的街道，罗伊斯河上的卡佩尔桥……都印上我们的足迹，留下我们的身影。

　　日内瓦的冲天大喷泉，常常与巍巍少女峰媲美，你的妖娆我的妩媚，你的宁静我的奔放，你的冷峻我的热情。

　　是的，真正的美，无处不在。

1

【旅行直播】

啊，卡贝尔桥，卢塞恩皇冠上的明珠！我难以抑制内心的激动，从各个角度欣赏它的英姿。它横跨罗伊斯河，始建于1333年，古老的木桥，木制桥顶，又称廊桥。仔细端详，木桥外侧悬挂一长排花篮，篮中天竺葵花盛开，妩媚艳丽，为它平添几许亮色。桥下游弋的天鹅，三三两两，曲颈仰天，悠然自得，为它增添几分动感和活力。我兴致勃勃，从桥的这头奔跑到那头，又从那头迈步到这头。廊桥内的横梁上绘制了几百幅历史宗教油画，古老而质朴。桥端八角形的尖顶水塔，更夺人眼球。塔下部在水中的地下室，曾是监狱、档案馆和藏金库。哦，它又成了卢塞恩的历史见证。我依偎在栏杆上，眺望远处，美丽的卢塞恩历历在目。当然，我在努力寻觅地铁邂逅的那对情侣的"伊甸园"，桥上，桥头还是湖畔？卡贝尔桥，多少游人为它倾倒？为它迷恋？为它讴歌？多少缠绵悱恻的故事在这里演绎？多少源远流长的传说在这里诞生？多少耐人寻味的画面在这里展现？我久久伫立，不愿离去……

旅 行 直 播

【旅行直播】

罗伊斯河，静静地流淌，晚霞在天际熊熊燃烧，将卢塞恩（硫森）映衬在绚丽的天幕上。我在河畔徜徉，漫步，手持相机，捕捉每一个美好的瞬间。突然，一对情侣映入我的视线，他们并肩坐在河畔的台阶上，十指紧扣，仿佛已经好久好久。这时，我才意识到我刚来到罗伊斯河畔的时候，他们已经坐在这里了。可爱的天鹅在他们面前游弋、嬉

戏，他们时不时地撒下手中的面包屑。我惊叹他们恬静的心态，相依相偎，不离不弃，静静地坐了整整一个下午！我不甘寂寞，协同我的朋友与他们简短交谈，才知道小伙是当地的大学生，黑人姑娘来自美国哥伦比亚大学。他们是约会、邂逅，还是一起度假？我不得而知，只能臆想、猜测。对于我们这些来自China的客人，他们只是友善地微笑，但不愿多说什么。不知怎么，我忽然又想起地铁里的那对夫妇，他们会不会也在这里相遇、相识、相知、相爱？会不会也是这样默默地发呆、厮守、凝望？隔河相对的巨大喷水柱直冲云天，似乎在祝福、庆贺。爱，没有种族的隔阂，没有地域的距离，爱就是爱，没有理由。罗伊斯河，爱的河，流淌的是爱的琼浆，跳动的是爱的脉搏。罗伊斯河，明天，我们就要溯流而上，那么，迎接我们的又将是什么呢？

【旅行直播】

　　游船不大，也不豪华，但安静，也许旅游淡季，游客奇少，冷冷清清，几十号人。清晨还是朝霞满天，游船启航后，天慢慢阴沉下来，时阴时雨，能见度也差了。辛亏空气清新，像滤过一般，而且散发出一种特殊的甜味。我不想安宁，也不会安宁，时而倚着船栏，时而前后奔跑，时而左右挪动，努力捕捉最佳视角、最美瞬

间。罗伊斯河的水静静地流，平静得几乎没有一丝涟漪。细微的雨丝飘洒在水面，没有声响，只有圈圈细丝般的波纹。哦，上帝真是万能的造物主，为两岸造出如此奇幻的环境、奇葩的建筑！几乎所有的一切都是精心构思、精雕细刻，艺术的细胞已经渗透到每一棵树、每一朵花、每一块砖、每一片瓦、每一垛墙、每一座桥……它们都像一颗颗珍珠翡翠散落在罗伊斯河两岸。它们如诗如画，都是名不见经传的小镇，甚至小村：维吉斯、贝肯雷德、英根伯尔、Treib……游船缓缓移动，在几个小镇的码头停留片刻，上上下下的游客渐渐增多，船开始热闹起来，天也意外地放晴了。

【旅行直播】

来自超级大都市上海的我，对于游览市容，坦率说兴趣不大。但是，琉森的一列环城旅游小火车引起了我的注意。当然，不愿安分守已的我，还是购买了不算昂贵的车票。罗伊斯河中的天鹅是独特的风景线。它们怡然自得，散游在河中，划破清波，曲颈觅食，没人干扰，没人驱赶，没人吆喝，清闲散漫，令人生出几分羡慕。沿河的商店和行人不多，冷清悠闲，橱窗里也鲜有高档奢侈品。但它古朴、经典、雅致，处处渗透着一种别样的艺术细胞。逛这样的商店，与其说选购商品，还不如说享受历史的沉淀，感受艺术的氛围。让我没有想到的是自行车居然也是琉森人的交通工具，不，确切地说，是练身的器具。骑车的人比比皆是，有男有女、有老有少，山地车帽、山地行装以及山地车鞋，潇洒、矫健，为城市增添了几许活力……旅游小火车还在缓行，讲解员一口流利的英语，津津有味地介绍这座可爱的城市，虽然我听不明白，但是知道前面一定还有更精彩的景点……

| 旅 行 直 播 | 15

【旅行直播】

告别琉森，登上一列火车前往瑞士中部小城因特拉肯。瑞士乘火车和我们国内乘公交车一样方便，自动购票，没有出入栏杆，没有人检票，自由登上列车。火车绝对准点，几乎分秒不差。车厢里空空荡荡，没几个乘客，坐在我对面的一对老年夫妇吸引了我的眼球。其装束、举止、气质令人倾慕，他们默默对坐着，心境平静得宛如车窗外一泓镜子般的湖水，脸上始终洋溢着一种恬淡、怡静、贵族般的微笑。车轮滚滚向前，列车平稳运行，窗外的风景像电影画面，一幅一幅闪过。瑞士，上帝的后花园。果然，那绿茵茵的草地，弯弯曲曲的小路，星星点点的牛羊，绿宝石似的湖水……让人赞叹不已。我暗暗为瑞士人庆幸，上帝为什么对你们如此眷顾，赐予你们如此美丽的山河？我瞧瞧手表，时针慢条斯理走了一个多小时，除了对坐的老先生低声问候了老太太几句，老太太给予甜甜的矜持一笑，几乎没有再说话。有时静穆也是一种境界、风度和气质。我默默地想，这也许是我们国人当前所需要的，因为车厢里仅有的几个国人游客正在旁若无人地侃侃而谈。列车还是朝着它的目标不紧不慢地运行，风景还在奇妙地变化，我知道精致的小城——因特拉肯已经不远了。

6 【旅行直播】

旅行时为了赶景点,常常会频繁更换住宿酒店,这次我坚持在这里——我心仪的博宁根视觉酒店多住两天。旅行嘛,松散休闲,何必匆匆忙忙?我已经彻彻底底陶醉在这别样的湖光山色里了。老树巨大的奇枝倒垂在水中,一对情侣依偎着绵绵絮语,对岸民居的倒影清晰而明丽,宠物的主人轩昂潇洒地散步在湖畔,熹微的晨光中有人在锻炼身体,野鸭在水中游弋嬉戏……这样的景、这样的

情,谁不留恋?谁不入迷?谁不倾倒?每天清晨,朋友们还在梦乡,我已经迈开双腿,伸展双臂,拥抱一轮初升的太阳。傍晚,我捧着心爱的相机,捕捉最美的画面,送走最后一抹余晖。中午则在酒店的艺术餐厅,品一杯瑞士啤酒,尝一下瑞式西餐……如果能住下,一张书桌,一台电脑,一杯咖啡,手指在键盘上舞动,写自己的所见所闻、所感所想、所思所爱,不就是人间一大享受吗?我,真不愿离去……

【旅行直播】

  少女峰海拔4158米，欧洲之巅，每个旅行者的梦幻之地。站在观景台上，可以尽情鸟瞰阿尔卑斯山全貌。当我们乘上火车，穿越几多神秘的隧道，前往梦寐以求的少女峰的时候，心里不禁暗暗祈祷：但愿有个好天气！据旅行经验，雪山之巅每每云雾缭绕，是很难见到它的尊容的。火车越接近山峰，我们心中越忐忑，上帝会眷顾我们这些远道而来的游客吗？一下车，刚从山上下来的游客纷纷叹气抱怨：别上去啦，什么都看不见，除了云就是雾！我们的心不由一沉，糟糕，担心的事终于发生了！既来之则安之，千里迢迢，能不上去吗？我们义无反顾，迈开双腿，依然登上了这欧洲最高峰。也许云雾缭绕，也许纯属旅游淡季，少女峰上居然人影寥寥，就我们数十个游客。但是，奇迹发生了！突然，云开雾散，一弯蓝天，美妙的山峰撩开神秘的面纱，显露出她那少女般的娇美面容。这奇迹几乎是几分钟内发生的。诚然，我的相机没有停息，永远定格在美丽的瞬间。她很羞涩，也很吝啬，仅仅几分钟，她又披上了那层面纱，一切都模糊了，又掩映在云雾之中。我们是幸运的，世间万物，有个词不得不承认，不得不信奉：运气！行善者必有运！

【旅行直播】

可利镇，名不见经传的小镇，在瑞士地图上几乎找不到它的踪影，它隐藏在山坳绿树之间。如果说在陶公的笔下，果真有世外桃源，那么，这里让我彻底陶醉！"采菊东篱下，悠然见南山"，"开荒南野际，守拙归园田"，这里让我实实在在感到了陶公远离繁杂的官场，在这田园风光中的恬静和闲适。满眼的绿色：绿树、绿草、绿屋、绿栏，星星点点的小楼，木屋掩映在一片绿色中。没有车鸣，没有人声，只有蜜蜂的低吟，微风的轻唱，祖孙的散步，

平时喜欢高声说笑的我们,也不约而同压低了嗓门。安静,宁静,恬静、幽静、怡静……这是一种意境、心态、内涵和追求,如果能营造这样一种氛围,地球是不是更美丽?人们是不是更幸福?身体是不是更健康?我不敢武断,人各有所爱,各有所求,但我喜欢!热爱!哪怕片刻,我也会沉醉,享受。如果真有那么一天,在这可利镇置一简陋小屋,"种豆南山下,草盛豆苗稀。晨兴理荒秽,带月荷锄归"。陶公也会含笑点赞。

【旅行直播】

　　漫山遍野的鲜花，我在作家的文字里感受过，在影视的画面中欣赏过，在画家的作品中领略过，在音乐家的旋律里陶醉过；然而，真真切切地零距离置身于花的世界、花的海洋，这是第一次！是的，我在小镇的田野里徜徉、徘徊、奔跑，周围花团锦簇，花瓣花蕊像一张张婴儿的笑脸，成片成片；它们是鲜活的，摇头晃脑，赋予特殊的灵性。色彩缤纷的山树，红叶紫叶，争宠斗艳。这是一个怎样的画面？怎样的景观？我不喝酒，从来没有感到过醉的滋味。但是，此刻我确确实实醉了！我好想像个"醉鬼"一样躺下，躺在花丛的怀抱，迷迷糊糊，朦朦胧胧，一醉方休！

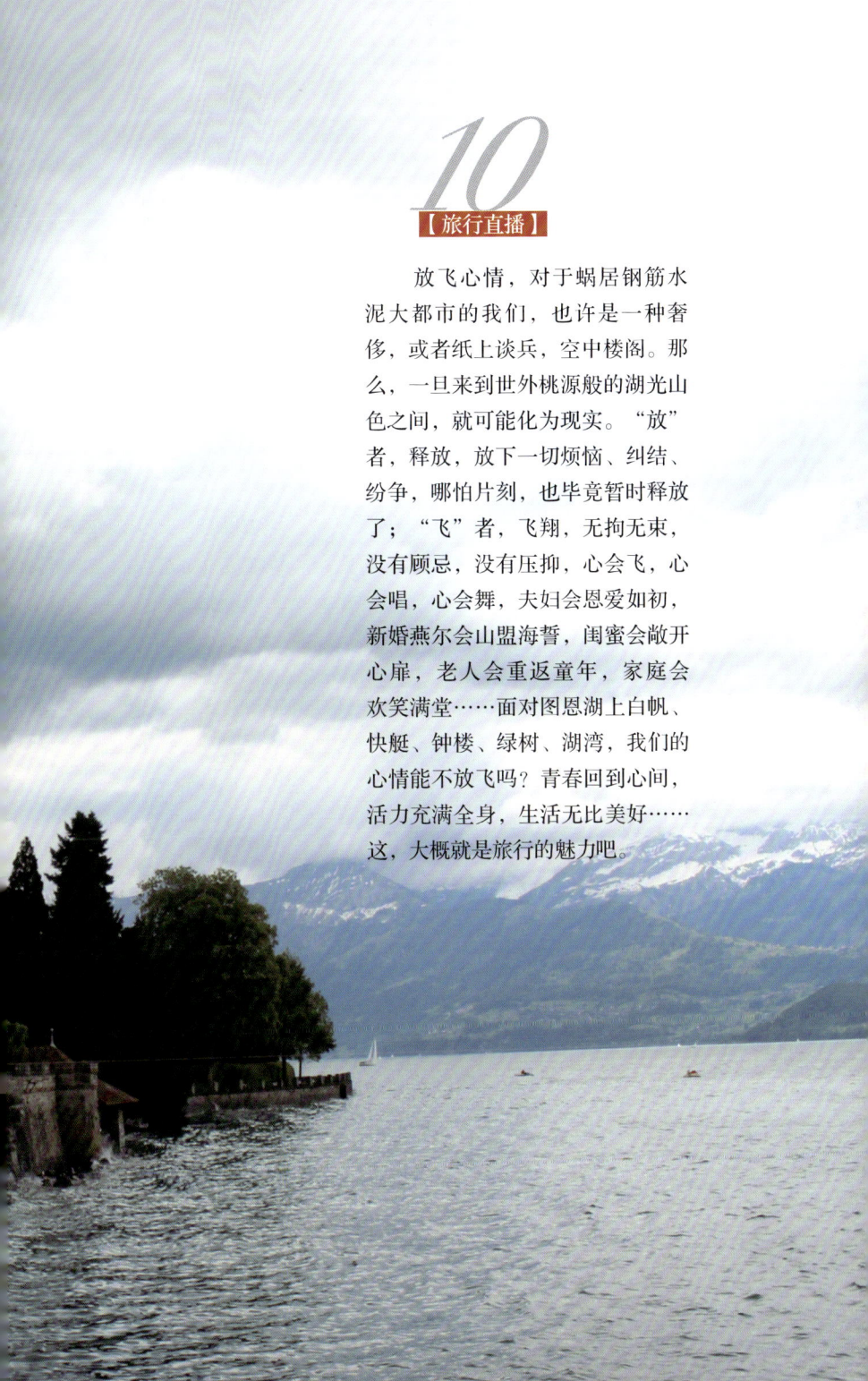

10

【旅行直播】

放飞心情,对于蜗居钢筋水泥大都市的我们,也许是一种奢侈,或者纸上谈兵、空中楼阁。那么,一旦来到世外桃源般的湖光山色之间,就可能化为现实。"放"者,释放,放下一切烦恼、纠结、纷争,哪怕片刻,也毕竟暂时释放了;"飞"者,飞翔,无拘无束,没有顾忌,没有压抑,心会飞,心会唱,心会舞,夫妇会恩爱如初,新婚燕尔会山盟海誓,闺蜜会敞开心扉,老人会重返童年,家庭会欢笑满堂……面对图恩湖上白帆、快艇、钟楼、绿树、湖湾,我们的心情能不放飞吗?青春回到心间,活力充满全身,生活无比美好……这,大概就是旅行的魅力吧。

11
【旅行直播】

也许是职业的习惯、旅行时我常常把视线投向异国他乡各种各样的人。世间万物中，人，最宝贵、最生动、最有趣。欣赏美景固然是旅行的必须，然而，关注探究各具特色的人，更有趣味。看，西方的孩子开朗，腼腆似乎与他们无缘，面对陌生人的镜头可以扮鬼脸，骑车的也许更疯狂更放肆；来自中东的游客，主动在我面前秀恩爱；文身的流浪汉居然旁若无人，潇洒自如，躺在地上看小说……法国大文豪莫泊桑学习写小说，就是从学写人物开始。文学即人学。关注性格各异的人物，对于我，也是旅行的一大魅力。

12

【旅行直播】

　　如果把与法国比邻的小城蒙特勒比作一位妖艳妩媚的绝代佳人，那么图恩湖便是装点在她面前的一面镜子。湖对岸就是法国小城伊云。离她不远，坐落着瑞士著名的葡萄庄园。随着轻风，传来阵阵醉人的葡萄酒的酒香。我无法辨认湖边那行奇异的怪树，也不能甄别那株挺拔的植物，以及飘扬在蓝天的旗帜。但是，我有一种难以用语言表达的欢愉和舒畅，在湖边休闲散步，与朋友海阔天空地聊天，欣赏那里的人散漫悠闲的生活。此时此刻，我会"胡思乱想"，有一颗不老的永远年轻的心，有一个能吃下天地间美食、能走遍世界各个角落的强健体魄，有一段可以自由支配的时间，对于我也许是个"粗浅而低俗"，也是个不懈的追求。

13
【旅行直播】

乘坐图恩湖上的渡轮，来到法国小城伊云。仅仅一湖之隔，一股浓浓的法国风情迎面扑来。浪漫，无疑是个夺目的字眼，它像一缕耀眼的阳光，照得我眼花缭乱。一位法国女郎，抱着爱犬，任轻风吹拂一头飘逸的金发。一对对情侣，或咖吧，蓝天，白云，湖

水，墨镜，四目相对，悄悄絮语；或旁若无人，相抱相拥在湖畔；或勾肩搭腰，留下甜蜜的纪念。老人则默默注视远方的青山，思绪回到了当年初恋的青春岁月。浪漫，法国的象征和追求，小小伊云已经得到充分的演绎。这难道是法国的专利吗？不，不，应该是人类的共同向往和憧憬。作为拘谨、腼腆、压抑的国人，难道不能得到一丝有益的启示吗？庆幸的是，年轻的一代已经跨前一步了。

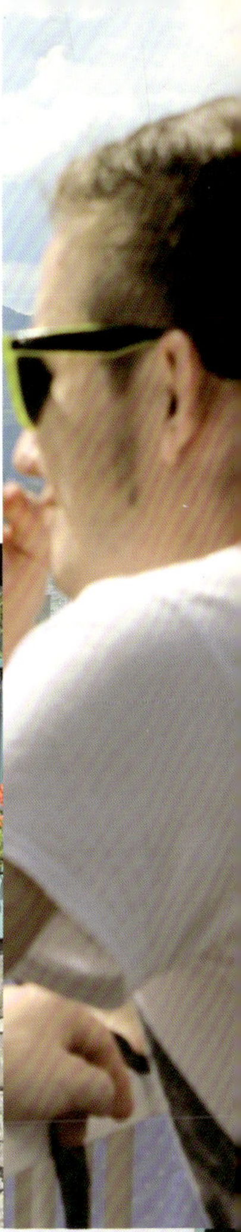

【旅行直播】

  面对古老的蒙特勒的西庸城堡，不知道为什么，一瞬间会勾起许多故事和遐想，究竟什么故事、什么遐想，又一时说不清，但是思绪会不由自主地穿越时光隧道，闪回到过去的岁月，曾经的沧桑。我们恭恭敬敬地矗立在那里，凝望悬崖上的城堡、古朴的城楼、疮痍的石头台阶，默默地追忆逝去的时光，曾经演绎的那段历史。历史会留下遗迹，遗迹又会证明历史。于是，保存遗迹，珍惜遗迹，是对历史负责，也是对历史的承诺。破坏遗迹，糟蹋遗迹，是对历史的亵渎，更是对历史的背叛。

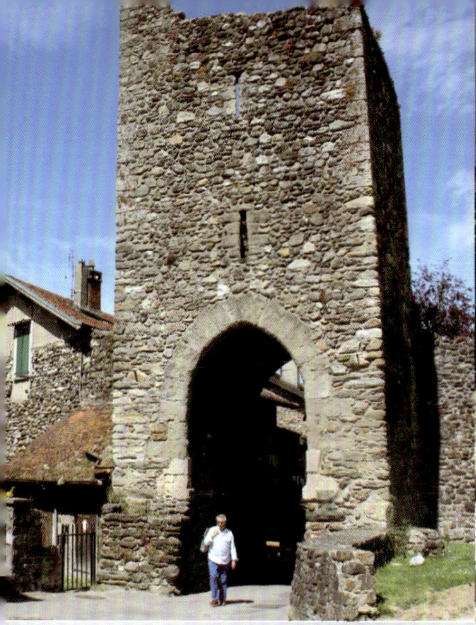
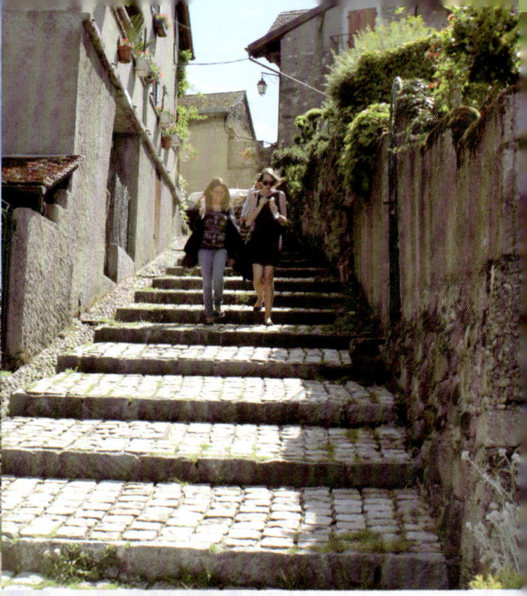
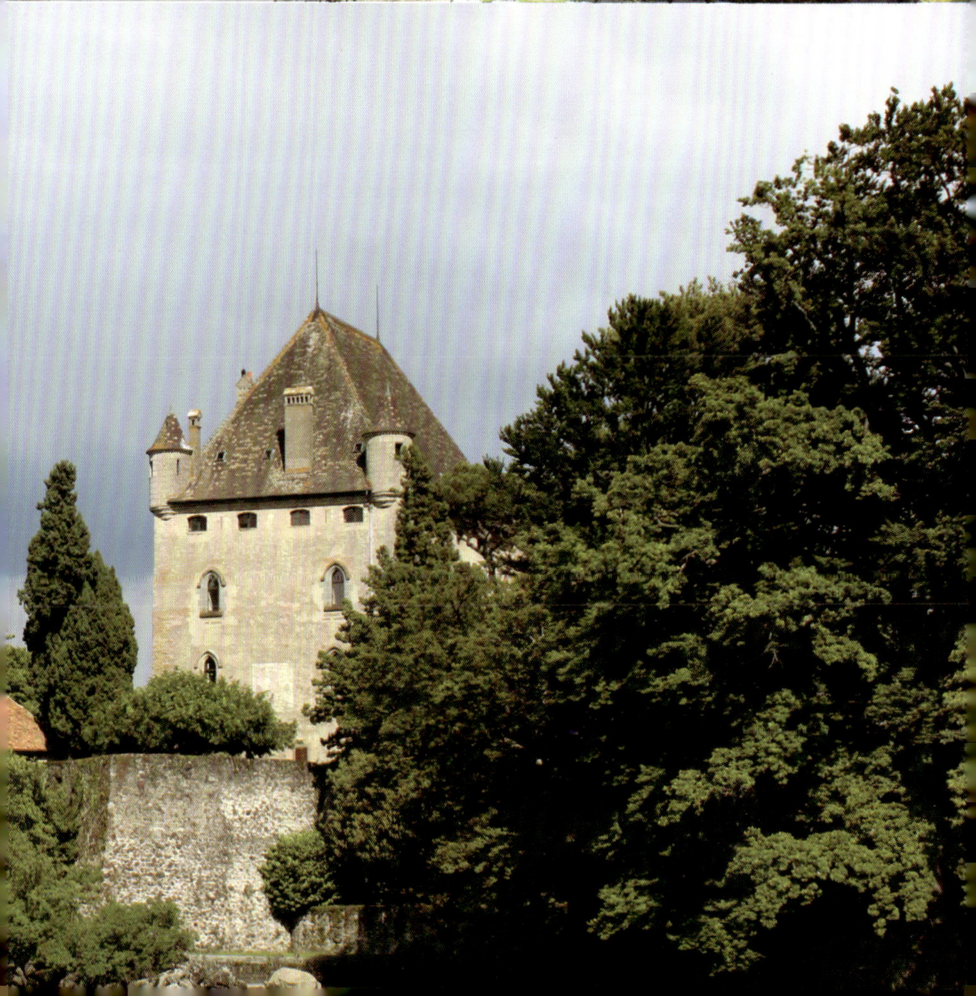

【旅行直播】

日内瓦，世界名城，瑞士的骄傲。国际红十字会、联合国欧洲总部等200多个国际组织和人道主义组织设在这里。法国启蒙思想家卢梭、英国诗人拜伦和浪漫诗人雪莱曾在这里居住。对于旅行者，这里几乎是个朝圣的必到之处。是的，花钟是个著名景点，它的妙处在于构思，它把"世界花园"和"钟表王国"精妙地融合在一起，不同的季节不同的鲜花，而时针不紧不慢地在花丛中移动它的脚步。日内瓦湖上的大喷泉，很是吸引人的眼球，巨大的水柱直冲云霄，水雾在阳光的折射下，变幻着瑰丽的色彩。日内瓦湖宁静得

宛如羞涩的少女,她的四周环绕着几多美丽的公园、珍珠公园、玫瑰公园、英国公园……她是一首诗,也是一幅画。诚然,晚上九点,这里繁星璀璨,绽放烟花朵朵,更令人流连忘返。日内瓦广场值得一坐,古老的城堡,古朴的石子路,选一路边咖吧,一张靠椅,一杯咖啡,一碟点心,望各种肤色旅客,看俊男靓女穿行,听教堂钟声阵阵,无言,发呆,实在是人间一大享受。哦,我的日内瓦!

【旅行直播】

  干杯！高举酒杯，朝着嫣红的晨曦，微微品了一口。醇香的葡萄酒，舌尖上的独特享受。莱芒湖畔，旁依着拉沃葡萄庄园，它的彩旗迎风招展，巨荫下的露天酒吧，高朋满座，没有喧哗，没有嘈杂，絮絮细语，慢慢品味，绝对的绅士淑女。远处阿尔卑斯山的雪峰，隐隐约约，几分妖娆，几多妩媚。蓝色的湖水，两个橙色的浮球，起起伏伏，飘飘悠悠，绝美的点缀，绝妙的构思，可见设计者的良苦匠心。

  生活需要艺术。步入拉沃葡萄庄园，一群红衣少女，不，名副其实的美女，嘻嘻哈哈，呈现在我们面前。一股浓浓的青春气息，无所顾忌，如同阵阵热浪，迎面扑来。我们有点猝不及防，眼球也贪婪起来。是的，最美好的是青春，最宝贵的是青

春,最留恋的也是青春。青春是岁月的痕迹、年华的纪念、人生旅途中一个短暂的驿站。但它可以永驻、长存,因为青春属于精神、心态和自我。想到这里,我又想又高举起酒杯:为了青春,干杯!

【旅行直播】

　　我不懂足球，但喜欢足球；我不会踢球，却爱看球。这次，我意外在莱芒湖畔观赏到了一场不是足球比赛的比赛。爷爷青春焕发，冲锋陷阵，带球突破，冲入禁区，加速，射门！儿孙紧随其后，奔、盘、带、铲，十八般武艺全套用上……青草绿茵，树荫婆娑，足球在滚，孩子在追，在跑，在抢，灵活的身姿、矫健的身影、无穷的活力，啊，孩子的天性得到充分发挥。我不禁感慨：这里，孩子驰骋的天地，放松的舞台，幸福的乐园。这里，还是男人的世界，爷爷和爸爸是舞台的主角，男性的勇猛、狂野和果敢演绎得淋漓尽致。我为这里的孩子祝福，为国内的孩子祈祷：他们的今天也许就是我们的明天。难道不是吗？

【旅行直播】

瑞士白色三角形巧克力，我喜欢，曾作为礼物赠送给一个女生。招牌商标是一座尖尖的雪峰。过去没在意，也不探究。这次来到采尔马特小城，才知道它的名字叫马特洪峰。

我们下榻在采尔马特的布里斯多酒店，面湖，晨练时轻风拂面，空气是甜的，最廉价，无偿提供，免费享用。我的贪婪史无前例，两个鼻翼深深地吮吸，清新的空气慢慢潜入，直到直觉告诉我，它已经全部安全地进入肺部，才心安理得。一种别样的享受。

山地火车缓缓盘旋，在绿树青山间穿行，红色的车厢，格外醒目，真是"万绿丛中一溜红"。随着山势的攀登，海拔越来越高，车窗外的色彩也渐渐发生变化，慢慢变白，茫茫雪原展现在我们面前。钢轨的弧度越来越大，越来越美，神奇的马特洪峰终于进入我们的视野。

　　少女峰几乎人人皆知，然而，真正震撼我心灵的却是马特洪峰！它呈三角形，几乎是神工巧匠精心雕琢，在挺拔的云杉映衬下，瑰丽而不艳，妖娆而不俗。它如同一位素雅恬淡的贵妇，端庄地婷婷矗立在天地之间。高贵不在于浓妆，不在于粉墨，而在于品位。

19
【旅行直播】

采尔马特,一个绿草茵茵、鲜花遍野的小城,离它几十公里的戈尔纳格拉特却是个冰封的世界。乘坐山地火车,渐渐地,一片白茫茫的雪山峻岭,像一幅无垠的壁画展现在我面前。随着海拔的升高,山腰游客的身影开始渺小起来。气温也急剧下降,穿上了冲锋

衣,似乎换了个季节。哦,山顶居然耸立着一座奇异的城堡,以及一座座造型独特的木屋。海拔3882米,欧洲最高的观景台,体弱的朋友已经有点气喘。我不甘寂寞,依然健步如飞,与一个年轻的好友迅疾登上城堡。啊,透过城堡别致的窗口,峻峭的马特洪峰像一幅装帧美丽的油画,凸显在我面前。"不识庐山真面目,只缘身在此山中",是的,只有远离远眺,才能真正领略她的妖娆和妩媚。有人说得好,距离产生美。

【旅行直播】

　　红色的山地火车又把我们送回了采尔马特。也许贪恋雪峰的旖旎风光，匆匆赶上最后一班火车，黄昏的车站几乎没有乘客，冷清而寂寥。这倒反而凸显了山地车站的特殊风韵，空廓而耐人寻味。火车沿着起伏的铁轨渐渐下行，山腰的点点人家尽收眼底，一栋栋小楼别墅，深藏在绿山丛林间，这是不是国人憧憬和渴望的"世外桃源"？如果是我，能在这里长住吗？生活的恬淡是必然的，人际的往来可能是清寡的，文化的享受或许是单调的……假如我来选

择，答案也是明确的：旅行是不错的，居住是不行的。

　　采尔马特，一个精致的小城，如同一个小家碧玉，优雅而高贵，宁静的街道，潺潺的小溪流水，富有浓浓山地风情的小商小店，艺术的橱窗显现它特殊的品味。人们悠闲地逛街购物，古老的石子街面儿乎一尘不染。我不禁有些依恋，明天我们就要去苏黎世，转机回国，与上帝的后花园暂时告别。哦，瑞士，在我的人生旅途中又留下无法忘怀的一页。

南 非

——————— 浩渺好望角

　　如果把非洲的地形比作一枚闪亮的钻石，那么南非就是钻石尖上的一颗珍珠。它一边是波涛汹涌的大西洋，一边是骇浪滔天的印度洋，东、西、南三方被这两大洋环抱，长长的海岸线连绵不断。这两大洋的交汇处，便是开普敦的好望角。

　　当年，苏伊士运河尚未开发，这儿便是欧洲通往亚洲，甚至世界的咽喉要道，多少船队扬帆远航，浩浩荡荡，在这里驶过；多少探险家举着长筒望远镜，开启寻找新大陆的征程。好望角，历史的见证。

　　太阳城，世界小姐选美的胜地，人造的海滨浴场，人造的地震桥，南非最大的高尔夫球场，最大的赌场，还有那梦幻般的"失落的城市"。步入太阳城，似乎就踏上了欧洲的土地。

　　花园大道，南非最美丽的海滨公路，两边与黄金海岸并驾齐驱，与原始森林遥遥相望，与悬崖峭壁相伴相对，别样的风情，别样的魅力。

【旅行直播】

　　2012年春节前，据新华社讯，在南非约翰内斯堡，一个华人旅行团遭歹徒抢劫，车上财物被洗劫一空。当时我正报名参加一南非旅行团，朋友纷纷退团，取消这次危机四伏的旅行。我稍作思考，决定照常前行。众人不解，我曰：刚发生抢劫案，南非当局必严加戒备，此去必安全无恙。其实，最危险的时期往往也是有最安全的时刻。

　　经阿联酋迪拜转机，直飞南非开普敦。非洲状如一块巨大的钻石，而南非的开普敦就坐落在钻石尖上。我从小钟爱地理，可以把中国地图、世界地图倒背如流。朝思暮想的好望角就在开普敦附近，当年哥伦布的探险船队就绕过好望角，经印度洋直达太平洋，发现了新大陆。

　　从开普敦坐车途径十二门徒山，便是梦特湾。那天，阴沉沉的，浓云密布，能见度很差，拥有上千只海豹的海豹岛隐隐约约，模模糊糊。我不禁长叹一声，出师不利也！看来旅行还需要运气。

抵达企鹅海滩,老天终于眷顾我们这些来自东方的贵客,天空开始放晴,蓝天白云,形态可掬的企鹅迈着绅士般的步履,蹒跚在海滩上。突然,我有个惊人的发现,南非的企鹅的头特别小,叫声也异常,像驴叫,悠长、沉闷而刺耳。难怪有人给它们另命名——一个令人啼笑皆非的名字,叫驴企鹅。

22

【旅行直播】

被誉为天之涯、海之角的非洲大陆最南端的著名岬角——好望角,袒露在我面前。我俨然一个探险家,频频与之招手,一边是波涛汹涌的大西洋,一边是浩瀚无垠的印度洋,它们在这里交汇融合,卷起千层浪、万堆雪。很小的时候,我就曾经趴在世界地图上,划动手指,寻找这个神秘的角落。苏伊士运河未开通前,这里是欧洲通往亚洲的海上必经之路。当年,多少航海家,多少船队,浩浩荡荡经过这里,多么壮观的场面!在我幼小的心灵里播下了一颗神奇的希望的种子。今天,我如愿以偿,实现了儿时的梦想,实在是无与伦比地幸福。多少年来,她像一个魅力四射的圣女,时时牵动我的心,有时在梦中灵光闪现,有时闲暇时猛然降临,有时伏案写作也会瞬间霸占我的心田。是的,儿时的梦想魂牵梦绕,忘不掉,抹不了,引领了我一辈子,我曾经天真地从小就积攒可怜的一点零花钱,作为将来的旅费;又曾经幼稚地用墨鱼骨做一艘小船,放在春游时去的黄浦江里,希望它驶往好望角。现在,我终于站在你的身边,大声呼唤:我一辈子的梦中情人——好望角,我来了!

23

【旅行直播】

　　好望角，闻名遐迩，而离它不远的"开普点"却鲜为人知。那儿也是大西洋和印度洋的交汇之处，那儿才惊涛骇浪，陡壁悬崖，汹涌的波涛如千军万马，排山倒海撞击着礁石，发出震耳欲聋的声响，气势磅礴，气象万千。崖顶的瞭望台巍然屹立，如同一个伟岸的哨兵，眺望远方，祈祷所有船队平安顺利。倘若狂风暴雨呢？黑夜笼罩呢？这里将是怎样的情景？狂风的肆虐，暴雨的倾倒，黑夜的恐怖，恶浪的惊悚。是的，那时候这里将是探险家的乐园、航海家的领地、男子汉施展身手的舞台、锤炼钢铁意志的熔炉。喜欢搏击风浪的海燕也会高声呐喊：暴风雨来得更猛烈些吧！

24

【旅行直播】

  上帝对我们分外恩赐，来到鸵鸟园已经白云蓝天。鸵鸟是南非的一张名片。它傻头傻脑，形态实在称不上美，也够不上可爱，两根细长的腿脚，支撑着一个横椭圆形的身体，小小的脑袋，一个颈脖还算有点曲线美。然而，它的蛋惊人地大，像橄榄球那般大的体积；它又惊人地坚硬，一个成人站在上面，它居然不碎，完整如初。我不信，孩子般的真站了上去，果然，它纹丝不动。鸵鸟蛋，神了！回国时特意选购了两个彩色的鸵鸟蛋标本，上面绘制了南非的奇异风光。

【旅行直播】

摩素湾，一个默默的小镇，毫不养眼，然而，南非的邮政就从这里起步。一块普通的石碑，一只普通的靴子，见证了第一所邮政局在这里的建立，邮差就穿着这样的靴子走街串巷，把远方的信息送到千家万户。

航海，打开世界之门的"黄金大道"。首批航海家从葡萄牙的罗卡角——"陆止于此，海始于斯"（葡萄牙著名诗人卡梦斯的诗句）出发，乘坐古老的帆船，手拿地球仪，扬帆起航，绕过好望角，来到摩素湾。单桅、风帆、缆绳、船舱……航海家的足迹，航海家的奉献。

火车，车站，平常又普通，两条平行的钢轨，连接了非洲广袤的土地。当非洲内陆的黑孩子们围着黑乎乎的巨大火车头欢呼雀跃时，它将世界的新鲜带到了荒蛮的沙漠、丛林和村落。

哦，西方的文明改变了世界，也创造了世界。

26

【旅行直播】

乔治城，一个皇家花园般的小城，扑面而来的是一股皇家风范。修剪整齐的草坪、花坛，仿佛来到了英国皇家海德公园。鲜花的芬芳，绿树的婉丽，无不透露出皇家的高贵和典雅。非洲的茅草建筑，彰显了它的独特魅力，可以联想和追溯到非洲大陆的丛林、山谷和部落。几个年轻的黑人艺术家在写生、回眸。我在他们身后

驻足停留，久久凝视。我从小也钟情画画，曾经如痴如醉。此刻，我好想手中也有一支画笔、一张画纸，画下这皇家的风范，享受画画的乐趣，可是，许久不画，已经荒废。于是，我举起了相机，摄下这美妙的瞬间，因为摄影也是艺术，瞬间的艺术。艺术是相通的，都有其内在的规律。

27

【旅行直播】

比勒陀利亚,南非的首府。翻开南非历史的一页,必定记载着一次不寻常的大迁徙:1838年,为了逃避英国的殖民管辖,建立自己独立的国家,人们赶着牛车,拖儿带女,远离开普半岛的布尔人祖先(南非荷兰人),浩浩荡荡,完成了一次历史性的大迁徙。为了纪念这次伟大的迁徙,建立了这座先民纪念馆。其布局大气磅礴,宏伟的长廊,精美的壁雕,车辚辚马萧萧的车队,先人遥望天穹的雄姿……纪念是为了不忘却,为了缅怀。旅行往往会不经意地在世界各地,采集历史长河中的一朵朵小小浪花,在心中激起一阵微微的涟漪……

【旅行直播】

　　离约翰内斯堡两小时车程，誉为南半球最大的娱乐中心，非洲的拉斯维加斯——太阳城，传说中原来是座失落的城市。很久很久以前，南非古老的丛林中，曾经有个像古罗马一样文明度极高的城市，由于地震和火山爆发消失殆尽。于是若干年后，在这丛林中重建了这座城市，命名"太阳城"。城内种植了120万株各种植物和树木，建造了世界最大的人造雨林公园。夜幕降临，歌舞表演、迪斯科舞厅、梦幻影院、游乐场、豪华餐厅、咖啡吧……灯红酒绿，尽情享用。如果说它的夜晚是疯狂的，那么它的清晨却是宁静的。太阳从山峦中缓缓升起，我已经迈开了轻快的脚步，园林工开始割草，茅屋静静地隐藏在树林里，豪华的商厦一片静谧，咖吧也悄无声息……哦，美丽的太阳城养精蓄锐，迎接新一天的来临。

【旅行直播】

　　早就耳闻,黑种人开朗、活跃、奔放、能歌善舞、喜欢肢体语言。这次南非之行,耳濡目染,终于得到了证实。面对我的镜头,他们不仅具有常规的灿烂微笑、常规的挥手招呼,还会或身不由己地扭动腰肢,或挥舞长长的手臂、或扮一个鬼脸、或装一个怪腔……码头上招揽客人的乐队、酒店门口的门卫、机场的搬运工、宾馆的清洁员、商厦的保安、驾驶割草机的酒店员工、广场上的摊主……他们的血管里都流淌着民族的血液。他们阳光、欢乐、简单、这难道不是我们向往和追求的吗?

旅 行 直 播 | 67

30

【旅行直播】

人的内心有时真像天空的云朵，变幻莫测。我小时候经常生活在农村外婆家，和所有的孩子一样，喜欢蚂蚁、蝌蚪、青蛙、鸡鸭、牛羊……又喜欢去动物园，与猴、象、兔、狗、鹿……逗一逗，玩一玩。然而，随着岁月流逝，年龄增长，与动物们也渐行渐远，冷漠而寡淡，燃烧不起一点热情。有时，我看着那些宠物迷，牵着爱犬，抱着爱猫，悠然自得，陶醉其中，好生羡慕。可是，我不能。我曾经养过一猫，此猫长寿，12年才无疾而终。为此，我特地为它举办了隆重的葬礼，一条金木鱼是它的陪葬；我还特意制作了一口小棺木，在圣诞之日将它安葬在外婆的墓边，让它永远陪伴我亲爱的外婆。我曾经为它付出了12年的感情。感情的代价是沉重的，我再也不想为一只动物而付出，因为人是最富有感情的动物。不料，这次我一来到太阳城附近的毕林斯堡动物保护区，看到了那些野生的斑马、大象、羚羊、野牛……又热血沸腾，手舞足蹈，也萌萌哒了。赴非洲旅行，观赏野生动物可是首选哦。当然，海底世界的奇幻梦境令我赞叹不已，浮想联翩。可是，这仅仅是一时的片刻冲动和兴奋。一旦离开，一切又烟消云散，回归应有的平静。人啊，有时又是个奇怪的动物。

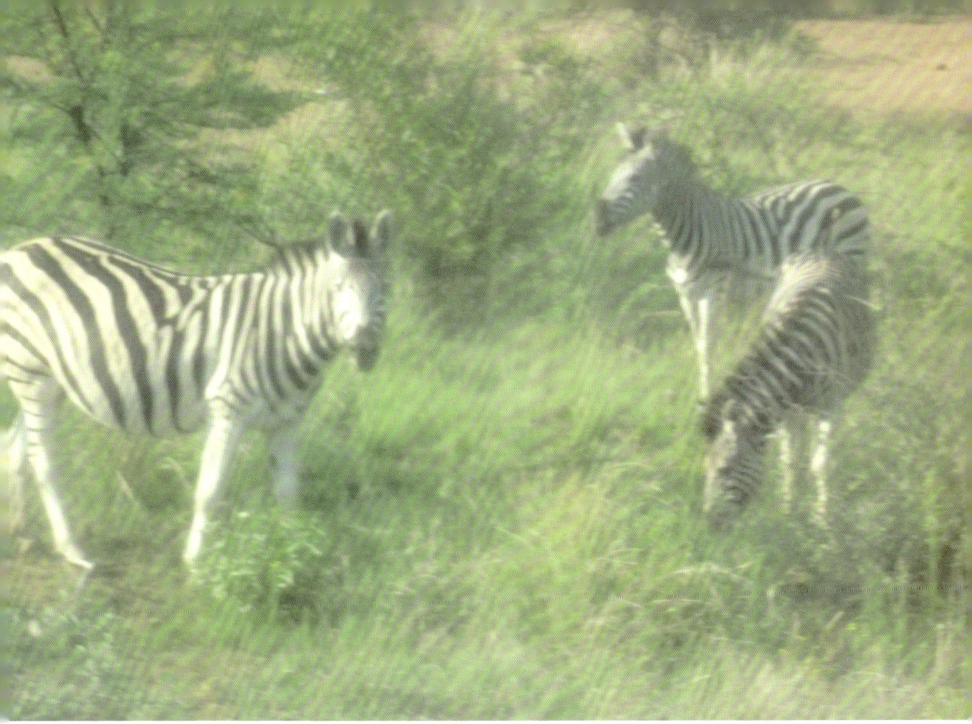

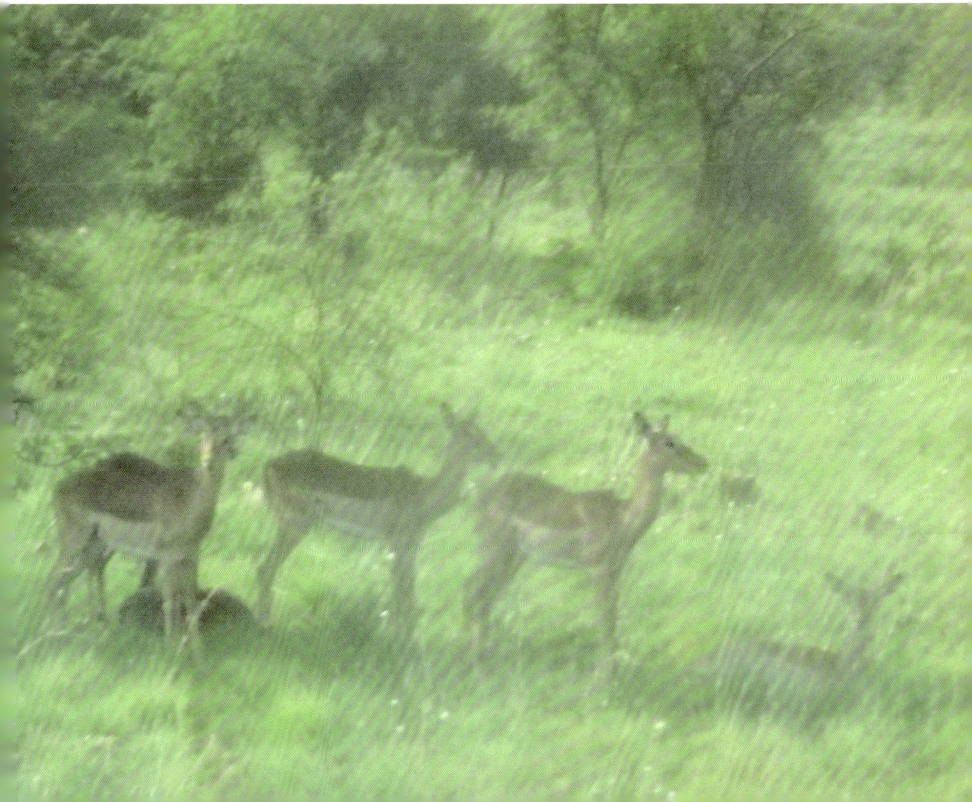

31

【旅行直播】

不知为什么，我不喜欢住宿钢筋水泥的摩天酒店、装潢奢华的超级宾馆，特钟爱别墅式依山傍水的低层小楼。我们最后一夜在太阳城下榻的Main Hotel就是这样的五星酒店。它建筑在山坡上，仅两层小楼，城堡式的大堂，有潇洒挥杆的小型高尔夫球场，可以划桨赛艇的静静小河……然而，酒店方面再三嘱咐："晚上万万不能开窗入睡，哪怕一条窗缝也不能留。"我始终疑惑不解，难道这样的酒店有盗贼？不料，我邻室两个美女半夜尖

叫，让我惊出一身冷汗。她们双双逃出房间，走廊的朦胧灯光下，身穿睡衣，惊魂未定，脸色煞白，语无伦次，指着房间，一句话也说不出来，平日的高贵和矜持消失殆尽。英雄救美，两个胆大的勇士冲了进去，大喝几声，只听房间窗口朴朴儿下，两个勇士继而捧腹哈哈大笑：原来两个美女临睡前没有把窗户关紧关严，两只调皮的小猴子半夜撬开窗户，乘她们白天旅游劳累，睡得太香太死，悄悄钻进了她们的被窝，同枕共寝！一夜惊魂，一场虚惊，一次奇遇！

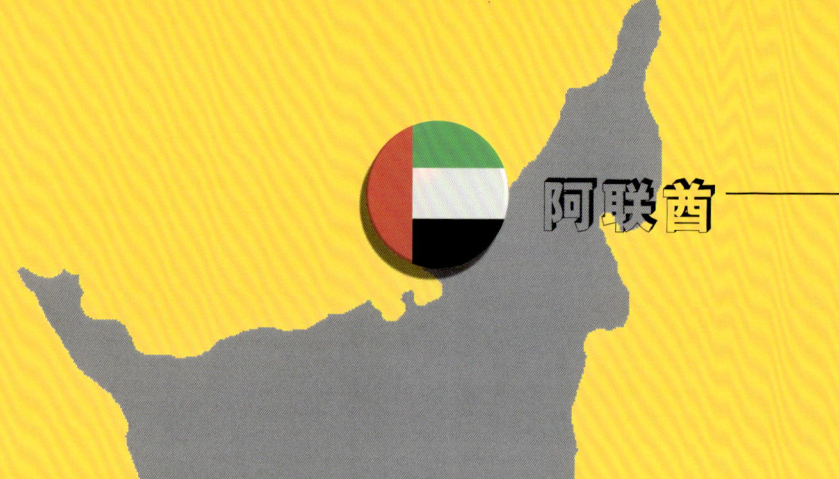

阿联酋

神话迪拜

上帝给予阿联酋无限的财富，地下蕴藏着开采不尽的黑色黄金——石油。源源不绝的石油，源源不断的财富，早就富裕的阿联酋，造就了奢华的迪拜。

迪拜，阿联酋最大的城市，阿联酋的骄傲。它濒临波斯湾，古代阿拉伯商人从商的会合地，英国殖民主义者聚合的地盘，故欧洲人又称它为"海湾威尼斯"。

棕榈岛，世界最大的人工岛，建筑在万顷碧波的波斯湾，耗资140亿美元，号称"世界第八大奇迹"。它造型独特，棕榈树的"树干""树冠"以及新月形的围坝。岛上种植12 000多棵枝叶挺拔的棕榈树，为迪拜增添了一个万人仰慕的新景点。

神奇的迪拜，阿拉伯的神话。

【旅行直播】

东京机场、温哥华机场、纽约机场、伦敦机场、悉尼机场、法兰克福机场、米兰机场、里斯本机场、奥克兰机场、莫斯科机场……都曾留下我的足迹，但我敢说，阿联酋的迪拜机场最奢华、最亮眼、最震撼，可以这样说，它完全是用黄金和金钱堆成的，这绝不言过其实。它名副其实是座金碧辉煌的宫殿，流光溢彩，壮观恢弘。那乳白色伟岸的立柱，不就是阿拉伯的神宫吗？那奇幻的巨大的拱顶，好像来到了神秘的科技王国，那透明的水晶般的隔离墙，让人感到一种奢侈的珠光宝气正扑面而来。即使机场一角慈善的捐款箱，也洋溢着莫名的高贵和典雅。啊，有钱就任性，这句话在迪拜机场得到了充分的论证！

【旅行直播】

　　实在惭愧，走了20多个国家，几万里的行程，还真不知道什么是真正的"旅行"，总是匆匆忙忙地"旅"，急急促促地"行"，在某一处安安静静、舒舒坦坦坐上大半天，抑或两三小时，也绝无仅有。理由当然无可辩驳：难得境外游，多看几个景点，多走几个名胜，多拍几张美照，多买一点名牌品牌……但是，这次我例外在迪拜广场老老实实、规规矩矩、坦坦荡荡地坐了整整两个小时。也许我"单吊"，没有伙伴，也许迪拜的广场太诱人，我要了一杯卡布其诺，破天荒心平气和地像老外一样发了一次超长的

"呆"。那天阳光格外和煦,摩天尖顶上的明珠闪闪发光,露天咖吧高朋满座,享受阳光的恩惠,人工的湖面波光粼粼,几对情侣几乎可以复制国际影星的华丽风采,耐心而慈爱的父亲俯身辅导孩子滑滑板车,小女孩的笑脸像阳光般灿烂……这些场面,这些镜头,都一一融入我的脑海,摄入我的相机,滋润我的心田。杯中的卡布其诺好像比平时更有味,更耐品。这是一种感觉,宁静平和的感觉,东奔西跑无法体味的感觉。这又是一种体验,心无杂念的体验,体验生活的安宁、恬淡、甜蜜和幸福。这也是到处寻找景点很难获得的体验。这时,我终于大彻大悟,什么才是真正的旅行。

34
【旅行直播】

　　旅行常常会给人开预想不到的玩笑。我曾自诩自己方向感极好，只要知道目标，总能分出东西南北，十有八九不会走错路。我不喜欢逛街，也不会购物；如果购物，直奔商品，不挑选也不挑剔，从不逗留，买好就走路。不料，这次在迪拜世界超级购物中心，我大大出了一次洋相。团队自由活动解散前，领队再三叮嘱我：你独自一个，这个中心是个巨无霸，千万别迷失方向哦！我根本不以为然，我是谁？会迷路？笑话。可是，最后不幸被她言中！购物中心之大之宏之深，实在叹为观止，见所未见。它共三层，富丽堂皇的宫殿式拱顶，纵三条横三条主商道，望不到头，看不见尾，两边都是世界名牌旗舰店，七转八弯，已经晕头转向。商品几乎都是世界级的名牌品牌，眼花缭乱。不知为什么，这时我突然产生了购物的冲动。从来没有过的冲动。那天除了欧米加手表的售价据说只有国内的一半多，其他的奢侈品价格也不菲。我破天荒像鱼一样在商场里东穿西游，想买这又想买那……诚然，身穿黑袍白袍的阿拉伯男人女人，又深深吸引着我的眼球。他们都是富人，高贵、儒雅、矜持，从不旁眼视人，说话悄声细语。男士高大、挺拔、威严。女

士的脸部包裹着，只露出一双宝石般的眼睛，神秘也许最美丽最迷人。这时，要不是下意识的神经提醒我，我还徜徉在商品之间，陶醉于人群之中。不好，离集合的时间不多了，仅有15分钟，可是此刻我已经彻彻底底迷路了，辨不清方向，找不到出口。我生平第一次手心出汗，活像一只热锅上的大蚂蚁，就差一点要喊一声"姆妈"了！上帝保佑，真是万幸，为难中遇见了两个驴友……呵呵，迪拜之行，开了我一个天大的玩笑！

35

【旅行直播】

　　世界唯一的七星酒店，阿拉伯塔酒店，还叫阿拉伯之星，因为它的外形像一迎风招展的风帆，又名"帆船酒店"。它建于波斯湾的一个人工岛上，高321米，56层，阿联酋最奢侈的象征。据说，旅行淡季每晚人民币1.2万元，也要提前预订。酒店金碧辉煌，也许没有亲历亲为，它的奢华很难用苍白的语言表述。又据说，海底餐厅世界独一无二，鱼儿海藻珊瑚，近距离在你身边游弋嬉戏。客房的布局是阿里巴巴式的阿拉伯神话，躺在豪华的床上，可以欣赏一半是海水、一半是波斯湾的沙漠美景。还据说，那里的洗漱沐浴和美

容化妆用品都是世界一流品牌,还可以带走,价值几千元。也许囊中羞涩,也许望尘莫及,也许初来乍到,也许……这次无缘无财无法入住下榻了。幸好我们住在与它比邻的金字塔形的六星酒店,还能近距离观望,暂时满足眼球的饥渴。夜晚,我们可以自由地乘坐酒店免费提供的电瓶游览车,沿着阿拉伯湾,尽情享受流光溢彩的夜色美景。游览车由印度人驾驶,服务态度一流,无懈可击。夜已经很深,整个迪拜依然灯火璀璨,它是不夜的。当我遥望夜幕中的帆船酒店,心中突然涌起一番热浪,泛起一阵冲动:何时也能"潇洒走一回"?

36
【旅行直播】

  在迪拜称得上富豪的不是豪宅，不是豪车，而是绿化——多少树木，多大草坪，多美的绿化园地。阿联酋地处沙漠，干旱少水。他们的生活淡水，必须将海水淡化处理，成本超级昂贵。所以淡水对于奢华的迪拜特别珍贵、稀罕。据说养活一棵人行道树，每年需要一万美元。我这才明白，树旁草丛间密密麻麻的管道，就是灌溉滋养树木青草经过淡化的海水！迪拜的细细绿意也是金子堆成的！不过，上帝又十分眷顾，他们的地下流动着多少黑黄金！

加拿大

奇幻梦莲湖

红色的枫叶，加拿大的象征。一到秋天，漫山遍野，一大片一大片枫叶，几乎映红了加拿大的天，加拿大的地，加拿大的人。这是何等壮丽的情景，何等壮美的一幕，何等壮观的场面。

加拿大，湖的故乡，湖的王国，狭长的玉带一般的欧肯那根湖，幽静的少女般羞涩的明纳瓦卡湖，雅致的古堡倒影的路易斯湖，佩托湖，玛琳湖……数不清的湖，道不尽的湖，然而，梦幻般的梦莲湖，她像个冷艳的贵妇，又像盛装的艳后，让人膜拜、迷恋和倾倒。

加拿大，一个移民的国家，移民占全国人口99％。温哥华斯坦利公园造型奇特，雕刻质朴，色彩明丽的图腾柱，凝聚了土著民族印第安人的历史和文化，艺术家的想象和创造，得到充分表现。

【旅行直播】

酒,几乎与我无缘,除了啤酒、红酒,平时滴酒不沾。这次在温哥华东去的菲莎河谷,被一个葡萄酒庄深深吸引。迎面赋予极大视觉冲击力的广告雕塑,抓住我的眼球。蓝天白云的映衬下,一对亲吻的酒瓶和酒杯,温馨而甜蜜。酒庄外,明媚的阳光将酒吧染成一片金黄。鸟瞰河谷,葡萄园郁郁葱葱,园林的布局,洋溢着浓浓的芬芳气息,那亭那屋那凳,充满艺术的氛围。这是加拿大著名的冰酒生产地。冰酒被誉为加拿大的国酒,是赠送给各国元首的高贵礼物。这是运用特殊工艺、特殊葡萄酿制而成的。它有红冰酒、白冰酒之分。导购小姐带着西方美女甜甜的微笑请我们分别品尝。这时,一股特殊的酒香扑鼻而来,鼻翼得到从未有过的享受。一种从未尝过的清纯的酒味在舌尖上流溢。我在冰酒中沉醉,抿抿刚享受的两片嘴唇,当机立断,慷慨解囊,毫不犹豫掏出了"银联"。

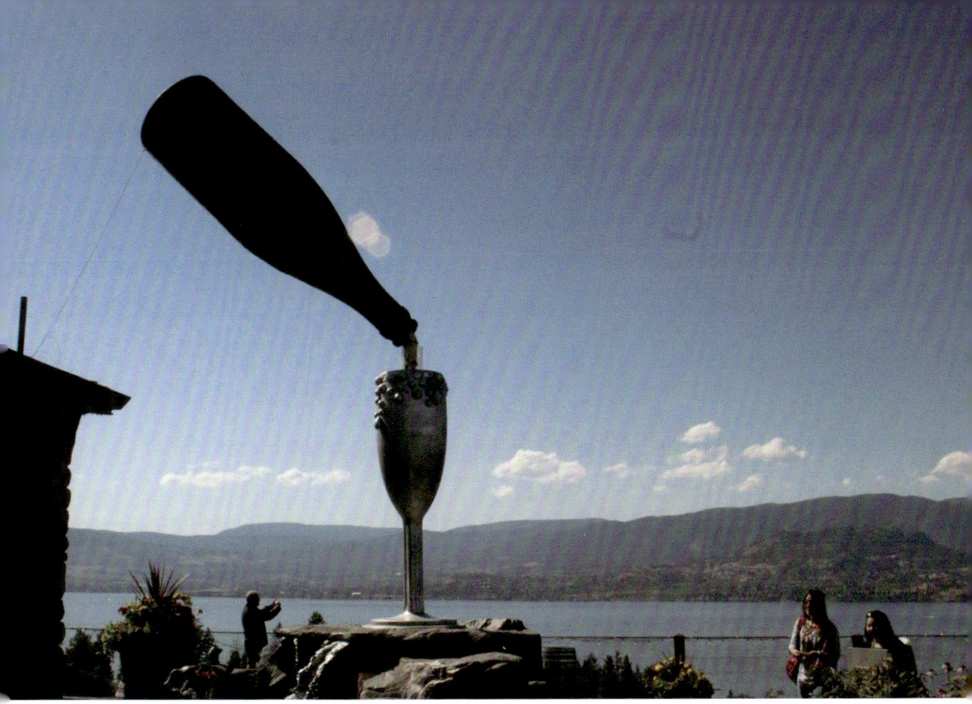

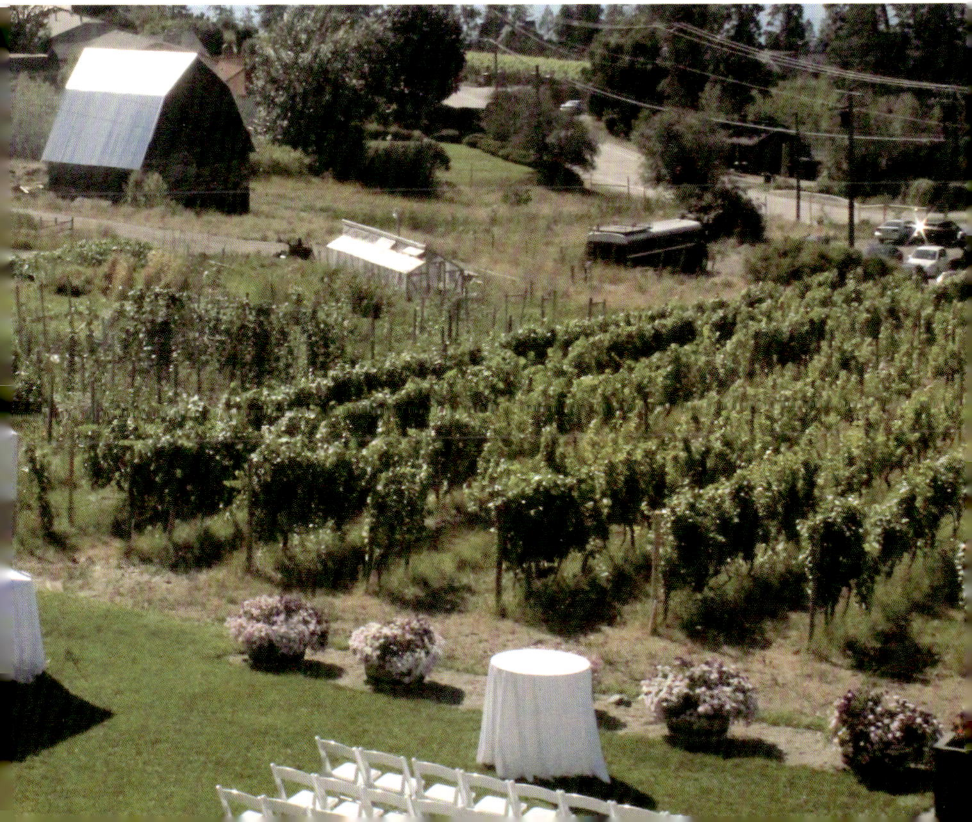

38
【旅行直播】

　　基洛纳，一座人口不到6万的小城，安静舒适地躺在欧肯那根湖温暖的怀抱。那里是个实实在在的度假胜地。暖风从湖面徐徐吹来，巨大的树荫下，游人如织，但没有喧哗，没有叫喊，没有追逐打闹；有的悠然漫步，有的碎步疾走，有的摔臂奔跑，有的相拥亲吻……人们的穿着自由、放松、随意、浪漫。帅哥美女的脸上几乎都是微笑、灿烂、含蓄、奔放、甜蜜；老先生似乎都是绅士，或西装革履，或休闲便服，或运动衣衫；老太太却浓妆艳抹，或吊带长裙，或袒胸绸裤，或露背裙裾……何等美妙绚丽的度假画卷！金色的阳光洒满湖面，泛出粼粼波光。游艇、帆船、浪花、水鸟，勾起我无限的遐想，度假，我终于明白了它的全部意义，不作匆忙的到此一游，不做买空的购物狂，不做到处留影的美人秀，应该是心灵的松弛，情感的沉淀，精神的愉悦，想象的升华，海阔天空的璀璨……

【旅行直播】

　　落基山脉，北美大陆的分水岭，气候的分界线，北美的脊梁。班芙则是落基山中的伊甸园。也许走南闯北，游遍世界名山大川，对于任何的湖光山色，有点审美的疲劳，缺乏一丝应有的雀跃和激情。然而，当我面对这一泓蓝宝石般的湖水，蓝得让人惊艳，静得使人迷恋，美得逼人嫉妒。我几乎目瞪口呆，怀疑自己看花了眼

睛,走错了地方。王母的琼瑶天池?上帝的美丽后园?不,确确实实的一面璀璨的蓝色宝镜。错落的松杉,恰到好处的点缀,增添了湖水的几分姿色,几分妩媚。天空飘浮的朵朵白云,远处隐隐的高山雪峰,不就是绘画大师浓淡相宜的天才之笔吗?湖中泛舟的游人,其闲情逸致难道没超过"独钓寒江"的老翁吗?此时此刻,我才明白了梦幻的真正含义。是的,我完完全全陶醉了,陶醉在梦幻的世界里,因为她有一个梦幻般的名字——梦莲湖。

40
【旅行直播】

枫叶,加拿大的象征,国旗上的标志。也许这次旅行的季节错位,一路上均不见燃烧的枫叶。然而,各领风骚的湖泊却让我惊艳,赞叹:"哦,加拿大,湖的故乡!"如果说梦莲湖妖娆、妩媚,宛如一位高雅的贵妇,那么恬淡、宁静的路易斯湖,仿佛一个素雅的少妇了。她被群山环抱,素妆淡抹,略施粉黛,雅致而不失矜持。湖中的游艇码头是她的最佳点缀,金黄的沙滩是她的靓丽裙裾,远处的杉木松林则是她的翡翠项链。我已经完全沉醉,不忍离去。大声呼唤,怕惊动她的安宁;旋转舞蹈,怕扰乱她的清纯;纵情歌唱,怕影响她的恬静。我静坐在她的身边,守望、沉思、憧憬和遐想……

【旅行直播】

英国的古堡，曾在我记忆深处留下深刻印象，而这座古堡式的Chateau Lake Louis酒店，以一个美妙的童话世界展现在我面前。世上酒店无数，往往以星级为评判标准，然而也不尽然，有时旅途中一乡村客栈，一小岛别墅，一修道小院，一农舍陋室，一旷野独屋……也能留下不灭的记忆。我曾在淀山湖岛上的农家小舍，接受暴风雨的洗礼；曾在青海湖畔旷野中的独栋孤楼，享受晚霞绚丽的快感；又曾在意大利修道院改建的别样客栈，度过不眠之夜……真不知在这古城堡般的酒店下榻，是一种什么滋味。可惜，我们只能接受视觉的盛宴，无奈中在临近的幽静小城坎莫，度过了一个月明星稀的夜晚。

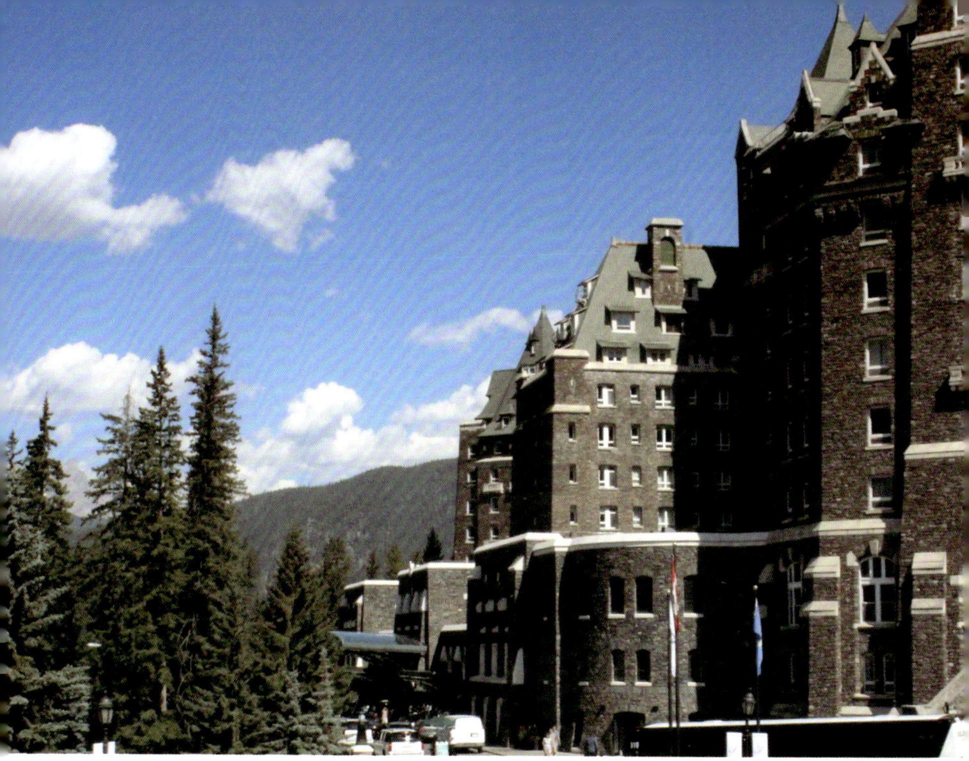

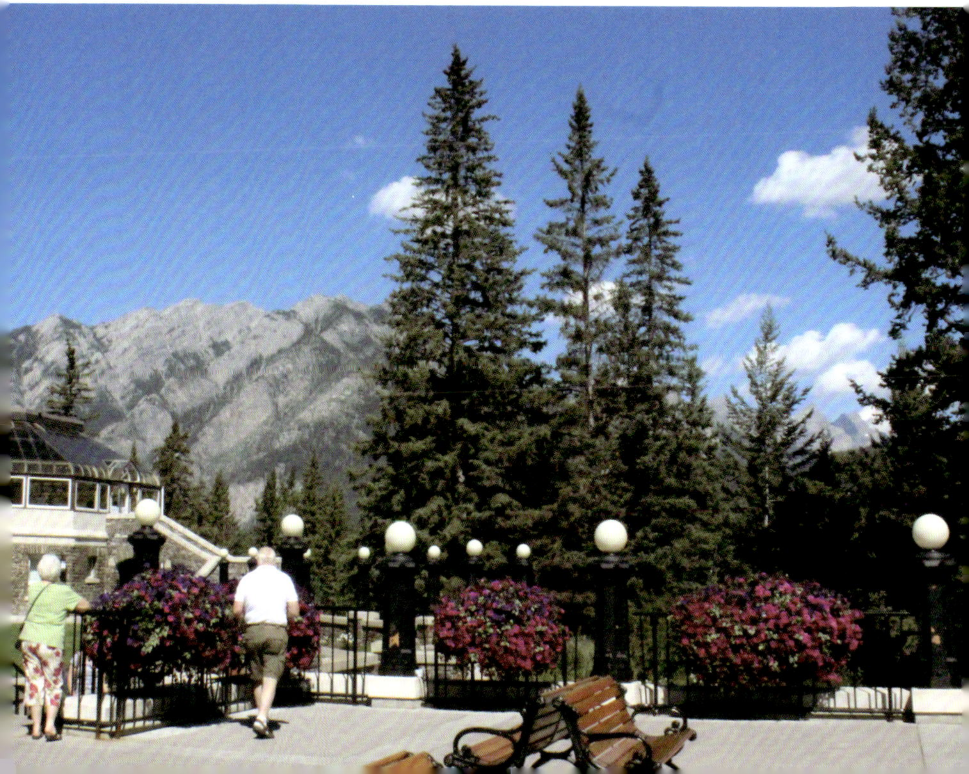

42
【旅行直播】

坎莫，精致的小城，当夜幕降临的时候，晚霞燃烧了半个天空。远眺夜色中的酒店，别有风韵。我喜欢沐浴在夜色的光晕里散步，落日的余晖仿佛一个神奇的魔术师，变幻着朵朵云彩，几乎瞬息万变，刚才还是一匹黛色的奔马，瞬间就是一头斑斓的麋鹿。那山、那树、那屋掩映在苍茫的暮霭里，勾勒出一幅瑰丽的剪影。夜色渐浓，晚归的鸟儿扑棱着翅膀，脚下的落叶瑟瑟作响，山风充满了凉意，酒店也渐行渐远，该回去了。我迈着慵懒的脚步，踏上了归途。

43
【旅行直播】

冰河大道，被誉为世界上最美的公路。然而，有点徒有虚名，既不见壮丽的冰凌，也没有浩瀚的河流，只是一条蜿蜒的公路。不过，隐藏在山谷里的弓湖倒以特殊的韵味，微微激起我心中一束闪亮的火花。它酷像一把微弯的长弓，翡翠般的湖水，将群山雪峰倒影湖中。我没有走近，高处俯瞰，凛凛然，一种居高临下的快感，

一览众山小的愉悦，一份唯我独尊的自信。自信，旅行的必需。旅行培养自信，自信提振旅行。只要时间允许，身体力行，我当一往无前，不管风吹雨打，浪急山高；不管旅途遥远，南北半球；不管严寒酷暑，赤道寒极，我要去！我行！今生不去，毕生遗憾！今生必去，不留下辈！我的旅行之歌！

44

【旅行直播】

这是一次独一无二的旅行，崎岖的山路九曲十八弯，大巴沿着蜿蜒的盘山路缓缓前行，两边茫茫苍苍的雪山峻岭，应接不暇。随着海拔的升高，气温急剧下降。冷峭的寒风在窗外呼啸。攀登海拔2210米的阿卡巴斯塔冰河，还要换乘特制的冰原雪车。这样的雪车全世界只要数十辆，巨大的车轮相当于我的身高，速度奇慢，几乎是爬行，因为车轮下不再是沙石路面，而是积雪冰碴。山坡越来越陡，几乎呈45度斜坡，可见它的马力之大。哦，那是一条何等壮丽的冰河，不，确切地说是"冰原"。远处，徒步的旅行者排成一条长龙，缓缓探索，渐渐慢行，也许有人不慎摔倒，隐隐传来阵阵笑声。诚然，也有卖萌的东北壮汉，居然脱光上衣，在零下15摄氏度的天然"冰窖"里留下光辉灿烂的形象，其勇气实在可圈可点，可赞可叹。母亲牵着孩子的小手，小心翼翼地在冰上学走，尽管亦步亦趋，但始终向前，没有后退，后退不属于他们。文艺美女哪能错失这美妙的瞬间，迅即举起了相机，瞄准了这冰封的世界……

【旅行直播】

　　我是一艘弯弯船,调皮又捣乱,瀑布从天降,蹿上又跳下,摔得粉碎我不怕,嘻嘻嘻嘻,哈哈哈哈。

　　我是一艘弯弯船,安静又听话,湖水像镜子,照照东照照西,排个长队报报数,立正稍息,一二一!

　　我是一艘弯弯船,守信又保密,无论老哥和闺蜜,亲亲热热笑眯眯,约会和牵手,哦,她们在游戏。

　　歌词:《我是一艘弯弯船》(注:歌词中的瀑布和湖,系加拿大贾士伯国家公园阿撒巴斯卡瀑布,以及后花园的派翠西亚湖。)

【旅行直播】

我小时候喜欢童话，一捧起童话书就如痴如醉，母亲几次叫唤吃饭，才恋恋不舍放下了书。那些美妙的童话世界，我好向往，好痴迷：其画面，其意境，其梦幻，像一束光，一层雾，一道烟，一团火，在我脑际闪过，掠过，飞过，有些深深埋藏在心底，几年，不，几十年久久不能忘怀。是的，当来到玛琳峡谷，落基山脉世界第二大冰河湖——玛琳湖的时候，我惊讶地发现，小时候储藏在心里的童话世界奇迹般地重现了！水晶似的湖面，蓝宝石般的湖水，那森林、孤岛、山花、小屋、拦坝、流水、沙滩……这些只有在想象奇幻的童话家笔下才会出现的情景，实实在在地出现了！我想呐喊惊呼：这不是现实版的童话世界吗？童话，心中有童话，向往童话，追寻童话，憧憬童话，生活之树就会常青，生命之旅就会久远。旅行则是寻找童话、享受童话、歌唱童话的最佳舞台、最美乐园。

47

【旅行直播】

前方是甘露市，一个地名中国化的小城市。长途奔波是疲惫的、寂寞的，对于我却充满乐趣。大巴时而在高速公路急驰，时而在乡间公路颠簸，时而停下休憩。驴友们起先还在高谈阔论，调侃嬉笑，渐渐地，随着时间的推移，疲倦像传染病一样传递开了，有的闭目养神，有的打起瞌睡，有的耷拉脑袋，似睡非睡似醒非醒，有的掏出刚买的可口零食，临时解解馋。导游也失去了讲解的兴趣，做着她该做的事。车内播放着一曲催眠般的抒情歌曲，如泣如诉。除了专心致志的司机，我是车里唯一的兴奋者，手握单反相机，两眼仿佛搜索猎物似的，聚焦车窗外的我感兴趣的每一个景、每一件物，或旷野的旅行者，或空荡荡的休闲处，或弯弯的小路、孤独的简屋，或飘浮的白

云、皑皑的雪山,或两道闪亮的钢轨,或一群欢聚的游客……一路上,我的思维特别活跃,动作特别敏捷,情绪特别兴奋。是的,这就是旅行赋予我的青春和活力。与其说这些留影是我旅行的纪念,还不如说是我精神的寄托和释放。我暗暗为满车瞌睡的旅行者稍稍感到一丝遗憾和可惜。恍惚间,导游大声提醒,目的地快到啦,车内立刻骚动起来,哦,今晚夜宿甘露市。

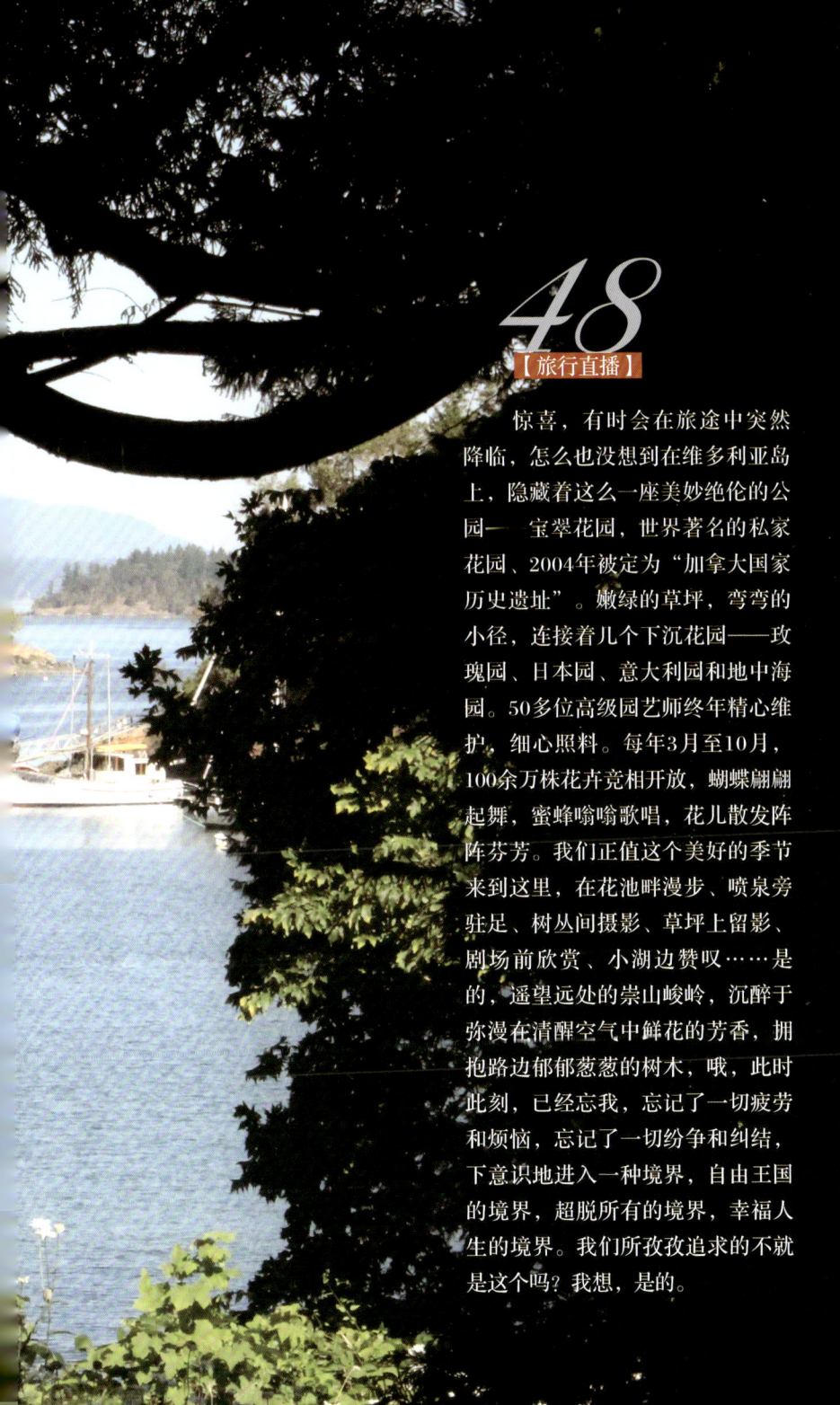

48

【旅行直播】

惊喜，有时会在旅途中突然降临，怎么也没想到在维多利亚岛上，隐藏着这么一座美妙绝伦的公园——宝翠花园，世界著名的私家花园、2004年被定为"加拿大国家历史遗址"。嫩绿的草坪，弯弯的小径，连接着几个下沉花园——玫瑰园、日本园、意大利园和地中海园。50多位高级园艺师终年精心维护，细心照料。每年3月至10月，100余万株花卉竞相开放，蝴蝶翩翩起舞，蜜蜂嗡嗡歌唱，花儿散发阵阵芬芳。我们正值这个美好的季节来到这里，在花池畔漫步、喷泉旁驻足、树丛间摄影、草坪上留影、剧场前欣赏、小湖边赞叹……是的，遥望远处的崇山峻岭，沉醉于弥漫在清醒空气中鲜花的芳香，拥抱路边郁郁葱葱的树木，哦，此时此刻，已经忘我，忘记了一切疲劳和烦恼，忘记了一切纷争和纠结，下意识地进入一种境界，自由王国的境界，超脱所有的境界，幸福人生的境界。我们所孜孜追求的不就是这个吗？我想，是的。

49

【旅行直播】

　　温哥华,加拿大第三大城市,最大的海港,面临浩瀚的太平洋。19世纪,欧洲移民首先来到的就是温哥华。它不像多伦多、渥太华那般寒冷,也不像蒙特利尔离海岸线那般遥远,特别适宜华人居住,所以近年来大量的大陆移民蜂拥而来,个别地区几乎成了华人的世界。中文的广告,中文的店名,街上走几步遇见的都是中国人。马路上飞驰的名车,不用询问,车主十有八九都是国人的富二代——喜欢飙车的年轻人。据领队导游说,如果与这帮年轻人聊天,英语也许"洋泾浜",广东话倒是熟练而流畅。我晨练时,迎着霞光,清醒的空气中,碧绿的草地上,时时会遇见几个华人老先生和老太太,他们衣冠整洁,说话文雅,举止端庄,手里往往推着一辆童车,一问就知道,他们来这里是为儿女带领第三代的。偶然发现一两个华人中年妇女,她们装束华贵,珍珠项链,名包名鞋,趾高气扬,不必询问,大多是国人富太太,丈夫非富商即官员。目睹我遇见的这些可爱的同胞,真不知道是自豪、羡慕、嫉妒,还是悲凉?

新西兰

梦境皇后镇

新西兰，北岛和南岛，如果北岛典雅，那么南岛妩媚。假如到了北岛不去南岛，那是遗憾，那么去了南岛不到北岛，就是可惜。北岛、南岛，新西兰的一对孪生姐妹。

奥克兰，北岛的千帆之都，密密麻麻的风帆，矗立在静静的港湾，蔚蓝的海水，白色的游艇，林林总总，组成了一个庞大的"帆船俱乐部"。帆船，风帆，奥克兰的象征。

与其说南岛是经典的旅游胜地，不如说是广阔的天然牧场。一大片连着一大片的草原，嫩绿的青草在微风中像海上的波涛，起伏，奔涌。奶牛们在和谐的阳光下，懒懒散散，有滋有味咀嚼着甜甜的青草。一大卷一大卷的草料堆放着，那是冬天牛儿们的精美食料。

南岛皇后镇，远处高高的雪山，近处碧蓝的湖水，交相辉映，相映成趣。夜晚，漫步在美丽宁静的街头，倾听流浪艺人的钢琴独奏，实在是一种美妙的享受。

【旅行直播】

　　2012年1月，上海天寒地冻，新西兰正值盛夏，一片葱绿。南岛的第一大城市基督城，满眼绿色，绿得艳，绿得媚，绿得鲜。19世纪的典雅建筑比比皆是，洋溢着浓浓的英国气息，这是一座最具英伦色彩的城市。漫步在海德利公园，阳光的无限活力，土地的充沛营养，让棵棵巨树顶天立地，洋洋洒洒。嫩绿的草坪，是孩子的天地，家庭的乐园，让人惊叹的是率领孩子的"统帅"，居然是个魁梧的父亲！老人们安详、恬淡、温馨、相依相偎，絮絮细语，享受阳光的沐浴和安抚。小卖亭的红衣老太，专心致志埋头读书，我无意一瞥，海明威的英语版小说：《老人与海》。无瑕的白鸽也在凝视，远离喧嚣，接送阳光和清风的馈赠，享受逍遥宁静的生活，大概就是我的追求和梦想吧。

51
【旅行直播】

　　大自然的鬼斧神工，实在让人惊诧不已。伟人曾说，"人定胜天"，未必，人能这样巧夺天工，锻造出如此精美绝伦的"千层薄饼岩石"？不能吧。一个大雨滂沱的早晨，风雨交加，我们穿过树丛、栈道，面对波涛汹涌的太平洋，一个岩石嶙峋的奇幻场面呈现在眼前。它们像一层又一层的薄饼，排列得整整齐齐，仿佛被一把锋利无比的刀切过似的。我赞叹这岩石的名字取得如此微妙无穷。没有多远，两块巨型岩石又深深吸引了我的眼球，一块形似木讷的猩猩，一块形似憨厚的笨熊，它们在亲吻、邂逅、约会，还是吻别？两边的海浪在为它们欢呼和鼓掌，羡慕、向往，还是嫉妒？我们均不得而知。神奇的大自然，它们有自己的世界、自己的追求、自己的归宿，渺小的人类何必去指手画脚，大动干戈呢？就像这几株在风雨中自由自在飘摇的山花，挺得多直，活得多滋润！

【旅行直播】

"冰川"这个词小时候在地理书上见过,在我心里播下了一颗神秘的种子。我曾经向往、追寻,但始终只能在梦境中出现。听说新西兰的万年冰川"雄伟壮观",从空中俯瞰,赏心悦目。我当然满怀希望,整装待发,踏上了冰川之旅。山苍苍莽莽,乱石嶙峋,一片荒漠。几乎没有路,一条简易的碎石便道,蜿蜒在荒芜的山野里,高低不平,稍

稍不慎，不是摔倒就是脚崴。一对老年夫妇不慎踩了一块歪石而痛苦地骨折。当局的医疗服务令人惊叹：几分钟后一架直升机火速接他们而去。野草在山风中摇曳，几分荒凉几分落寞。游客不多，山道上三三两两，稀稀拉拉，没几个人影在晃动。一个小伙精力旺盛，捡起了一枚石块……我们亦步亦趋，攀登了一个多小时，望眼欲穿，目睹的只有一些"冰"，哪有什么"川"？然而，"约瑟夫冰川"几个字已经深深镌刻在我的记忆中。

【旅行直播】

瓦娜卡，新西兰南岛一个幽雅的小镇。称其幽雅，不是它的青翠的草坪、火红的枫树、孤傲的独树、云雾缭绕的群山，而是气质雅致的小屋。清晨，当我的脚步叩响瓦娜卡的门扉，我惊讶地发现，晨曦中没有一栋小屋是相同的。它们各具特色，其设计、布局、色彩，均具鲜明的个性。我想，这大概与主人的文化底蕴、艺术爱好、性格追求，有着千丝万缕的关系吧。一个声音，一种格局，一种式样，一个模式，这可能属于共性。而最美最佳最具魅力的恰恰是鲜明的个性。崇尚个性，推崇个性，点赞个性，这也许是我的追求和希冀吧。

【旅行直播】

　　火烧云，小时候一篇语文课文对此做过生动的描述，其中有些好词佳句至今还记忆犹新。这次我在新西兰亲眼目睹了它的瑰丽和妖娆。"火"，殷红的火映红了整个西边的天空，红得像胭脂、像玛瑙，它是热情的象征、生命的意义、青春的标志。火，让猿转化为人；火，让寒冬像春天般温暖。我喜欢火，可以抱团取暖，可以烧饭煮菜，可以给我力量，让我拥有一颗火热的心。

　　"烧"，燃烧，燃烧的火是火焰，是激情的迸发、生命的升华、青春的成熟。我希望自己有一个激情燃烧的岁月，燃烧自己的感情和价值，时间和生命。所以，我要成为一把永远燃烧的火炬，燃烧了自己，也照亮和温暖别人。

　　"云"，不断变化自己的形状和色彩。变是永恒的，不变是暂时的。这就是云。创新不就是变吗？随着时代的变幻，社会的变迁，我们能独善其身而不变吗？能变善变是智者、风口浪尖的弄潮儿、生命价值的寻梦人。我愿自己是广袤天空中一朵淡淡的云，因为成功在于变，在于创新。敬礼，我的火烧云！

【旅行直播】

　　新西兰是个岛国，被浩瀚的海洋团团包围。入境时对食品的检验非常严格，甚至苛刻，几乎不允许任何食品擅自入境。所以，新西兰的食品特别安全环保。对于那里的水果、水产、蔬菜、牛奶，我几乎垂涎欲滴。水果甜、脆、水分特多，其中我最钟爱的苹果，个大、味美、口感尤佳，大概每天吃两个。水产中的龙虾、甜虾、生蚝、三文鱼，肉嫩、质鲜、形大。大龙虾、活生蚝则是我的首选，一瓶红酒，细细嚼、慢慢品，人间一大享受。牛奶有股浓浓的奶香，色纯美，味醇厚。平时我喜欢热牛奶，但对这里的冷牛奶居然也热情有加。广阔田野里的羊群也是新西兰的一大景观。割羊毛，纺羊毛，织羊毛，更是一大绝技。羊毛、驼羊毛质地柔软，色泽圆润，色彩艳而不俗，特别保暖。它们的制品招人喜爱，我也不问青红皂白，一件纯羊绒衫，两条驼羊毛被装入了我的行李箱。啊，从不喜欢购物的我，怎么也成了个"购物狂"？当然，"吃货"的秉性不改，我更是趁机大嚼大吃了一番。

【旅行直播】

  有个哲人曾说，树是大地的儿子。站在瓦卡蒂普湖畔，在辽阔而静谧的湖水映衬下，我确确实实领略了树的伟岸、忠诚和守望。它们是顶天立地的男子汉，挺拔、英俊、魁梧，粗壮的树干，遒劲的树枝，繁茂的树叶，巍巍然于天地之间。它们遥望远方的群山，

不论春夏秋冬，风霜雨雪，不离不弃；它们俯瞰身边清澈的湖水，它们的根扎入大地深处，它们的叶伸向无限空间，忠贞不渝，默默陪伴。它们的枝叶紧密交叉、缠绕，给树下的人一个休闲的环境，给树下的船一个安全的住所。它们在守望，无怨无悔，像一个个忠诚的哨兵。呵，棵棵大树，无愧于大地的儿子——儿子的职责，儿子的担当，儿子的义务。儿子，一个普通而崇高的名字。

【旅行直播】

也许我天生喜欢孩子，骨子里喜欢孩子。在赴皇后镇的途中，我意外地遇见了几个孩子，他们在具有相当弧度的场地里骑自行车，玩滑板车。他们勇敢的气概、灵活的身姿、率真的微笑，让我的精神一振，眼睛一亮，浑身的血液也沸腾起来。那几个躲藏在父亲腋下的女孩，微笑多么灿烂、明媚。实话实说，喜欢孩子，亲近

孩子，拥抱孩子，自己的心也会年轻，青春也会永驻。因为孩子淳朴、单纯、可爱，没有人际的复杂、世俗的烦恼、矛盾的纠缠。和孩子一起，是一个没有纷争、没有狡诈、没有欺骗的纯情世界。然而，这也是相互的，孩子最明理，最通情，也懂得好坏、真假、善恶。你只有真心真情对待孩子，孩子才能给你回报，才能给你无偿的温暖。这是一定的。

【旅行直播】

　　我不能想象人间有这样一个美妙绝伦的淘金小镇——箭镇。乘上古老的蒸汽游轮,穿过长度超过著名的米佛峡湾三倍的神奇峡湾,纳普里湖,便是曾经的私人庄园——箭镇了。她的美在于布局,每棵绿树、每朵奇葩、每张座椅、每座栈桥、每栋小楼、每个草坪……几乎每一个细节都经过精心设计和精美构思,融合了设计者的审美情趣、艺术风格,体现了设计者的智慧和心血。我想,其中文学大概起了不可替代的作用,因为它是艺术的根、审美的源。人文精神,在这里得到热情的演绎。细细品味这里的每一处景、每一件物、每一条路,难道没有发现其中还包含和渗透着一点哲学滋味吗?动与静、疏与密、高与低、浓与淡、山与水……相得益彰,恰到好处。真的,漫步徜徉在这样的天地之间,我实在不忍离去……

【旅行直播】

　　我喜欢拍摄人物，尤其喜欢在动感中留下每个人最美好的瞬间。那么，邮轮、游船、快艇、小舟就是最好的拍摄地。游船在飞驶，凉风迎面扑来，船在微微颠簸，人迎风而立。这时候，人的心情绝对放松，神情绝对愉悦，旅行的享受，江风海风吹拂的快感，自然而然地淋漓尽致地得到展现。特别是女士，不论妙龄少女、苗条少妇、成熟贵妇还是年迈老太，穿着一定要艳丽，平时不敢穿的要大胆穿，具有强烈色彩感，再配上一条搭配相宜的丝巾，飘逸，洒脱，那么这可能就是一张每个女士梦寐以求的美照。男士则不同，庄重、伟岸、专注、气概，切忌柔性、娘娘腔。当然，对于摄影者的要求颇高，研究人物，选好角度，聚焦准确，拿稳相机，站稳脚步，当机立断，手疾眼快，按下快门。

旅 行 直 播 | 133

【旅行直播】

晚霞渐渐消退，夜幕慢慢降临，迎来了皇后镇的夜。夜色的美也许是真正的美。有时候美需要掩饰，掩饰它的瑕疵，凸显它的亮点；有时候美需要羞涩，"犹抱琵琶半遮面"就是古代美女的羞涩和妩媚；有时候美需要点缀，一盏灯、一间屋、一艘船、一根桩、一个人，恰到好处的铺垫、布局，可以增添几许亮色。美还需要朦胧，朦胧是一种特殊的美，朦朦胧胧，迷迷蒙蒙，似有非有，似实非实，似虚非虚，那是超级的美。有时候的美，或恬静，或安谧，或典雅，或张扬，或奔放，或浪漫……那么，皇后镇的夜，它的美在哪里呢？静静的湖水，苍茫的远山，湖边的小屋，停泊的游船，闪亮的灯光，悠扬的旋律，还是漫步的人们？我在细细寻觅，思索……

【旅行直播】

　　广阔，这个词的含义有时候很抽象，究竟多大、多广、多阔才是"广阔"？然而，当面对那天那地，那条无垠的地平线，那地平线上两个小小的人影，我才明白"广阔"这个词的具体含义，真正含义。在广阔的天地间，人显得何等渺小，却又何等博大。他（她）的渺小在于人的固有身躯，博大在于人的鲜活灵魂。看，蓝天白云下，恋人间的回眸一笑，碧绿的草地上，母女摄影师的专注，彪悍男人的深情凝望，古稀老人的甜蜜微笑，欢乐女士的纵情放飞……所有这些，难道不是鲜活灵魂的呈现？精神世界的愉悦？心灵深处的幸福？我想，应该是的。而自由自在的旅行，志同道合的旅行，就是一个发现广阔、体验广阔、讴歌广阔的最佳平台。

62
【旅行直播】

不抽烟，偶尔红酒，嗜好茶和水果。水果中首选苹果，其次猕猴桃。也许我天生弱智，脑袋笨拙，起初吃猕猴桃，先剥皮，皮没剥好，手已经湿淋淋、黏糊糊，一副狼狈相。后来还是一个学生亲自教诲，用小刀拦腰切断，露出绿茵茵的两半，其中芝麻般撒落的蕊，特别诱人。然后，一把小勺，慢慢挖，细细舀，啊，终于尝到了舌尖上的猕猴桃。不过，国产的猕猴桃有的太烂，像一团冷冰冰的

糊;有的太生,像一块硬邦邦的石。而新西兰的猕猴桃我特别钟爱,口感特佳,味道特美,一种舌尖上的享受。当我来到北岛的猕猴桃园,心中的激情居然又熊熊燃烧起来。那一个个极其可爱的猕猴桃,挂在树枝,青绿相间,微微摇曳,差点"飞流直下三千尺"。不远处野生动物保护区的山羊、驼羊、野牛、麋鹿、山鸡,轻轻地叫唤,像一曲悠扬的乡村小歌曲……呵,陶醉了,这大概就是我向往和寻求的田园风光吧。

【旅行直播】

　　罗托鲁阿，新西兰的地热中心。还没走近，几股热浪从地底喷涌而出，直冲空中，一阵阵热气迎面扑来，还有扑鼻的硫黄味。这仅仅是猎奇，无非观赏一下，仅停留片刻，便匆忙离去。而真正值得欣赏的是在高空直升机上，俯瞰罗托鲁阿。它依附在涛声依旧的半岛，小楼星星点点，像满天星星。小楼别墅的造型和色彩，公园甬道的设计和布局，树木葱茏的温馨和深幽……才赏心悦目，感叹不已。旅行，美的享受，美的陶醉。打起背包去旅行吧，锤炼一双特殊的眼睛，去发现美，展现美，歌唱美。

【旅行直播】

巨树，在国内天目山，曾亲眼目睹千年树王，但它掩映在茂密的树林之中；在云南、福建曾拥抱绿荫蔽日的大榕树，但它枝蔓纵横，交叉繁杂。而新西兰罗托鲁阿的这棵巨树，让人惊诧，甚至震撼。它矗立在一片绿茵茵的旷野里，且不说主干之粗、之雄、之壮，十几个大汉才能环抱，就说那些支干，像巨蟒般伸

展着,好不威武雄壮,凸显一种凛凛然的霸气。树根凸起地面,仿佛一条盘旋卧地的长龙,那个骑在龙背上的小女孩,不就是那个降龙伏虎的红兜哪吒吗?啊,这就是美妙无比的大自然,对于生我养我育我的大自然,敬畏、热爱、呵护,那是我们的职责和义务。作为地球人,能拥有享受这样的大自然,实在是一种无与伦比的幸福。

美 国

鬼斧神工大峡谷

　　美国,美利坚合众国,拥有一个极其优越的地理位置,横跨北美大陆,西临太平洋,东濒大西洋,还有北美最西北的阿拉斯加以及太平洋中部的夏威夷群岛,海岸线长达22 000多公里。

　　风光旖旎的夏威夷,迷离梦幻的黄石国家公园,气势恢宏的尼亚加拉大瀑布,以及举世无双的科罗拉多大峡谷。大峡谷,鬼斧神工,四周陡壁悬崖,连绵几百公里,科罗拉多河在谷底汹涌澎湃,"两峰壁立,一水奔流",其雄伟的地貌,浩瀚的气魄,奇特的景色,巧夺天工。

　　阿拉斯加,临近北极,冰的天地,雪的王国,茫茫雪原,巍巍冰山,乘一艘游轮,穿梭于冰河之中;坐一座爬犁,驰骋在雪原之上。苍鹰在蓝天盘旋,阿拉斯加犬拉着雪橇,在雪峰山间奔驰,超级的狂野和享受。

65

【旅行直播】

　　美国,世界第一强国,经济、文化、军事均全球首屈可指,这究竟为什么?打着这样的问号,我踏上了美利坚的国土。夏威夷,离开美国本土,太平洋中部的群岛。世界著名的度假胜地。湛蓝的海水,柔情的海滩,海边几乎都是度假的人群,男男女女都穿着各式各样的泳装泳裤,五彩缤纷,凉帽、墨镜、拖鞋、救生圈、海上滑板……好一片夏日风情,浪漫情怀!绿树浓阴下,静谧,安逸,几乎没有一个人影,哦,美国人不像英国那般绅士,沉稳、凝重不属于他们。那么,珍珠港又为我们翻开了历史沉重的一页。1941年12月7日星期日清晨,美国的海军士兵正在甜蜜地酣睡,蜻蜓般的日本飞机偷袭了珍珠港,把无数士兵和军舰葬于海底。震惊和激怒了美国,我们在被炸军舰的遗骸前默哀,在所有无辜牺牲的海军将士的名单前祈祷和祝福。我亲眼看见一个白发老将军坐在轮椅上,在子女的推扶下,脱下军帽,在冗长的名单前,默默地擦着眼泪……历史,有时渗透着血和泪,仇和恨,忘记过去就意味着无知和背叛。呵,美丽的夏威夷,烈火中的凤凰涅槃。

【旅行直播】

　　如果说夏威夷的白天是阳光、海水、沙滩、泳装泳裤、帅哥美女，那么，它的夜晚则是火把、灯光、海风、奇装异服、酒吧咖啡、街头艺人。夏威夷的夜晚迷人而充满诱惑，凉爽的海风略带一丝腥味，拂面吹来，掳走了白天的酷热，惬意而怡然。街上灯光璀璨，路灯是一束束火把，流火般的动感，热情地燃烧。马路上人潮如涌，五光十色，夏日的时装展览，短裙吊带、热裤背心、比基尼泳衣……摩肩接踵，招摇过市，激情热辣。路边酒吧，几杯啤酒、几碟点心、几个旧友，或窃窃私语，或高谈阔论，或缠缠绵绵。咖啡舞厅，或曼妙旋律、柔歌轻唱，或激昂音乐、高昂迪斯科。路边的街头艺人绝对一绝、玩鸟的、雕刻的、素描的、弹唱的、演奏的……简直是个流动的艺术王国。是的，他们的面前都放着一个钱罐，里面零零散散有些美元分币，但是，他们的微笑、专注、投入、陶醉……似乎并不仅仅为了这几张美元，沉醉于艺术，也许是他们的一种追求和享受。夏威夷的夜是不夜的，奔放，燃烧而火辣。

【旅行直播】

洛杉矶，美国第二大城市，位于加州西南太平洋沿岸，1781年，西班牙殖民者在此建镇，起名"天使城"，中文音译"洛杉矶"。影城好莱坞，乐园迪士尼，那是必须游览的。好莱坞大片，蜚声全球。它的摄制现场实在让人大饱眼福，警匪片中的突然爆炸，汽车被炸上天，烈火熊熊，火光冲天……真是身临其境，逼真吓人。一场惊险的海盗剧表演，动人心魄，心脏几近崩溃，海盗劫持，惊艳美女，海上逃逸，英雄救美，汽艇飞驰，潜水腾跃，鏖战海底，搏击长空，空中飞人……紧张，惊险，刺激，故事尽管不脱好莱坞的模式，但是，无论如何，感官得到了充分满足。迪士尼，孩子的最爱，唐老鸭、米老鼠，天才的想象，想象力火山般迸发，延续了多少年月，迷恋了多少孩子，增添了多少乐趣，陶冶了多少情操。好莱坞，迪士尼，文化的不同侧面，不同表现，不同凡响。文化也是一种精神，有时精神比物质更重要。

【旅行直播】

　　我终于下沉到了谷底，科罗拉多大峡谷的谷底！这是世界举世无双最长的大峡谷，全长446公里，谷深平均1600米，呈Y字形。气候干燥，植物罕见，几乎没有一丝绿色，一片荒芜的岩石和沙砾。科罗拉多河在谷底卷起浑浊的河水，汹涌向前，形成"两山壁立，一水澎湃"的壮观景象。那时，正值夏季，深陷的谷底温度高达40摄氏度，简直像火炉，河水也微微发烫。不过，到此一游的快感，激情的涌动，还是让我向着天空和旷野，自得其乐地频频招手。当然，乘坐直升机也是必须尝试的，鸟瞰大峡谷，那雄伟荒凉而博大的地貌，浩瀚而弘大的气魄，慑人的动人心魄的神韵，奇异的无可比拟的景观，真是让人惊诧不已！

【旅行直播】

　　明明知道世界最大的赌城建筑在内华达州——一片荒芜的沙漠之中，但还是不可置信。大巴行驶在茫茫的枯燥的沙砾中，四周除了沙石还是沙石，没有绿色，没有水源，干燥而荒凉。几小时后，大巴一个转弯，突然，眼睛一亮，出现了几栋现代化的建筑，再突然，建筑越来越多，最后一座魔幻般的城市展现在我面前。是的，有的建筑如童话中的城堡，有的则是超现代的皇室宫殿，还有的就像外星人的魔鬼住宅。白天，艳阳高照，整座城市静悄悄的，街上几乎没有行人，像一座没人居住的空城。然而，当夜幕降临，夜色越来越浓，人们像从地下突然冒出来似的，不同肤色、不同年龄、不同职业的人涌现在马路上，熙熙攘攘，摩肩接踵。同时，整个城市灯火辉煌，酒店、赌场、商厦、酒吧、喷泉、咖啡馆……奇光异彩，缤纷璀璨。街头广场，好莱坞的一出免费歌舞表演吸引了我的眼球，比基尼美女，恶毒的巫婆，善良英俊的王子，强烈的视觉冲击，激越的音乐旋律，为夜幕下的赌城增添几分魅力。赌场通宵达旦，我也跃跃欲试，掏出100美元买了筹码，玩24点，输输赢赢，赢赢输输，凭着我一颗不太笨的脑袋，赢了122美元，落袋为安，暗暗窃喜，明天可以坐高级餐厅，尝炸牛排了。一看时间，已经凌晨一点。真是不可思议，这座不夜的超级赌城——拉斯韦加斯，建筑在一片寸草不生的沙漠里！

【旅行直播】

与其说华盛顿是首都,还不如说是公园。整座城市一片绿茵,罕见繁华的商店,更没有什么娱乐的场所,静悄悄的,只闻花香鸟鸣,没有嘈杂和喧闹。据说,这样的环境适合国家公务员工作,假如要奢侈消费和高档娱乐,奔纽约去吧。林肯纪念堂前,我邂逅了一群高中生,他们个个阳光帅气,美艳动人,不羞涩不做作,磊落大方,笑容灿烂地面对我的相机。林肯坐像前,两个高年级小学生居然欣然接受我的邀请,合影留念。他们很坦然,丝毫没有一点忸怩,边上一群同学还为他们热烈鼓掌。纪念堂前,一群高中生的管乐团演奏震撼了我的心灵,乐曲激昂奋进,似乎有一股青春的力量,回荡在蓝天白云间,我也不由自主地亢奋起来,情不自禁驻足许久许久……首都,林肯,青春,也许是美国花园般的城市——华盛顿留给我的最深印象。

【旅行直播】

　　自由女神像，美利坚的象征，1876年法国政府赠送给美国独立100周年的礼物，高高矗立在纽约哈德孙河口，右手高举长达12米的火炬，左手捧着《独立宣言》，头戴的冠冕光芒四射。我突然想起一首诗：生命诚可贵，爱情价更高。若为自由故，两者皆可抛。自由，也许是我毕生的梦想和追求。

　　华尔街，财富的象征，早就名闻遐迩，不料，它却是一条狭窄的马路，两边高楼林立，几乎终日不见阳光。纽约证券交易所的大楼上高高悬挂着一面巨大而触目的美国星条旗。是显示国家的威严，还

是炫耀国家的财富？就不得而知了。当然，门前的一头大铜牛，还是吸引了不少旅客的眼球，纷纷伸手抚摸它那金光闪闪的牛头、牛腿、牛肚、牛尾，总之，该摸能摸的部位都摸了。大概财富也是人的梦想和追求。

　　时代广场，美国商业帝国的标志。巨幅广告，眼花缭乱；五光十色的橱窗，目不暇接；摩天商厦，鳞次栉比；广场上的游客，称其"人山人海"也不为过，巨大的广告荧屏前的台阶上，挤挤挨挨，坐满了人，喝纸杯饮品的、吃冰激凌的、嚼薯条的……好一个美国人的闲情逸致。休闲益智，可能也是人们的梦想和追求。

　　联合国大厦，一栋长方形的火柴盒建筑，大厦前世界各国五彩缤纷的国旗迎风招展，诚然，我们的五星红旗也高高飘扬在天空。身在异国他乡，才会真切感到祖国国旗的庄重和神圣。我居然默默注视了好一会儿。联合会的大院里陈列着一个破碎的地球，一把裹着绳索的手枪，意思不言而喻，保护地球，不要战争。绿色和和平也一定是全人类的梦想和追求吧！

【旅行直播】

离开纽约,沿着公路直奔尼亚加拉大瀑布。500多公里的路程不免有些漫长,似乎也没有什么特殊的风景,但是,满野的绿色,满眼的绿色,特别养眼、特别舒坦、特别惬意。远远近近的墨绿、深绿、浅绿、葱绿、草绿、黄绿、蓝绿……层层叠叠,互映相宜,相得益彰,一幅无边无际的绿色画卷。星星点点的农舍,白色的屋顶、墙壁,增添了几分素静和安谧。整个旅程几乎没有其他色彩,除了绿色还是绿色。我突然有所顿悟:原来这平凡又不平凡的绿色有其如此特殊的魅力。是的,当绿色包围了我们,拥抱了我们,亲吻了我们,我们心中涌起的是怎样的感情浪花?掀起的是怎样的梦幻涟漪?绿色,大地的外衣,群山的浓妆,道路的点缀,小河的裙带。巴士在奔驰,我已经忘记了一切,完完全全、彻彻底底沉醉于葱茏的绿色里了……

旅 行 直 播

73

【旅行直播】

百闻不如一见，尼亚加拉大瀑布果然以其雄伟的气势、壮观的场面、悬殊的落差、充沛的水流、浩瀚的水汽，征服了每一个旅行者的心扉。那震耳欲聋的声响，漫天弥漫的水雾，实在是一种心灵的震撼。乘坐游艇游弋河底，从天而降无法躲避的瀑布急雨，足以使男人惊愕、女人尖叫、孩子手舞足蹈。夜晚，灯光璀璨，五光十色，水流水雾水汽水色，与对岸加拿大观景台的奇光异彩交相辉映，如入梦幻、如入仙境。奇观毕竟奇观，感官的刺激、情感的宣泄、思绪的放松、精神的陶冶，一种人生应该追寻的特殊享受吧！

【旅行直播】

　　夏威夷和阿拉斯加是远离美利坚本土的两个州。而阿拉斯加号称是美国最后一块处女地，最大的一个州。她北临北冰洋，南与加拿大接壤。地处北极圈，每年会出现白昼和白夜，如果幸运还能目睹北极光的奇观。她是在1867年美国以720万美元从俄国手中购得的。在我心目中，这是一块神奇而诡秘的土地，几乎这辈子不可能涉足的土地。然而，多年的夙愿终于成为现实。在加拿大温哥华，

我登上前往阿拉斯加的超豪华邮轮,邮轮上几乎都是高鼻子蓝眼睛的老外,国人微乎其微。我特地装束一番,靠近北极,冲锋衣是必需的,从未戴过的巴拿马帽也是可以试一试的,还煞有介事地站在甲板上,请驴友为我拍了张美照,自得其乐一下。听说油轮上要举行盛大船长晚宴,宾客必须正装,男士西装革履,女士晚礼服,东方女士最好旗袍。我不得不翻出了一套久违的西服、皮鞋和领带。一切准备就绪,藏在心里的窃喜、向往和激动,已经喜形于色,啊,好想立刻就投入她的怀抱——哦,我的阿拉斯加!

75
【旅行直播】

　　科奇坎，阿拉斯加最南端的城市，也是鲑鱼的故乡。鲑鱼，我的最爱，嫩红、细腻，条纹清晰的鲜美肉质，芥末，日本酱油，我已经馋涎欲滴，尝到舌尖上的美食。这里临近北冰洋，鲑鱼那味儿更别提了！小城并不繁华，也不荒凉，曾经的掘金地，淘金者的天堂。著名的小溪街就是昔日的红灯区，纸醉金迷，莺歌燕舞。随着时间长河的流逝，如今改建成了商品街。也许是温泉的效应，缓缓流淌的小溪，居然微微冒着热气。小溪两边的栋栋木制小楼小屋，错落有致，具有沉甸甸的雪国风采。盘山公路两边偶尔出现一座小小别墅，幽静而雅致。游人不多，大多是邮轮上的游客。最让我惊叹不已的是小溪里自由游弋的鲑鱼。那鱼肥硕、活泼，没人打扰，没人捕捞，供人观赏，畅游得何等自如，何等快乐！哦，我明白了，科奇坎，准确地说，应该是"世界鲑鱼之都"。

旅行直播 | 167

【旅行直播】

　　海上旅行，追求的是宁静中的动感，静中有动，动中有静，动静相宜。邮轮沿着阿拉斯加湾，缓缓地向阿拉斯加的首府朱诺驶去。伊丽莎白皇冠公主号，船体庞大而平稳，行驶在蓝色而平静的海面上，像在平展展的丝绢绸缎上裁剪出一丝丝、一圈圈褶皱波纹。海上的云霞喷发出特殊的魅力，像胭脂、像玛瑙、像翡翠，变换着宝石般的奇幻色彩，把船体的剪影衬得如梦如幻。两岸的远山在移动，时隐时现，时高时低，时浓时淡，似乎在述说一个个悠远而古老的故事……朱诺虽然是首府，但又不像首府，倒像一个普通又宁静的旅游小城。建筑实在普通又普通，一般又一般，几乎很难挖掘它的一点特色。不过，在一家极其寻常的服装超市，我买了两件夏季T恤，为一个朋友的父亲买了一条特大裤腰的牛仔宽松裤，真是价廉物美，三件才78美元，心中窃喜，我居然也能购物？上面印着的英文ALASKA，也算一个到此一游的纪念。

【旅行直播】

朱诺，虽然是普通的小城，但是载入史册的阿拉斯加淘金热就源于此地。1880年，一个印第安酋长和两个外乡人在朱诺的一条小溪里，发现了一颗黄豆般大的沙金，从此，引发了一场波澜壮阔的淘金热。多少淘金者趋之若鹜，从四面八方涌来。从那时到1944年间，生产了价值8 000万美元的黄金！如今，黄金淘尽，仅残留下一个个金矿坑，以及对于淘金血泪的唏嘘。往事已矣，当我登上直升机，升至几百米的高空，俯瞰机下离朱诺不远的门登霍尔冰川，忽然升腾起一种从未有过的豪迈和激情。晶莹剔透的冰川，玲珑蜿蜒的冰河，茫茫无垠的雪原，连绵起伏的雪山，一览无遗，尽收眼底。旷野雪地中狗爬犁的帐篷，星星点点，成了雪原中美丽的点缀。头顶蓝天白云，我已经忘记自己身在何处了。尽管气温零下十几摄氏度，但心中已经燃起了一团熊熊的烈火……

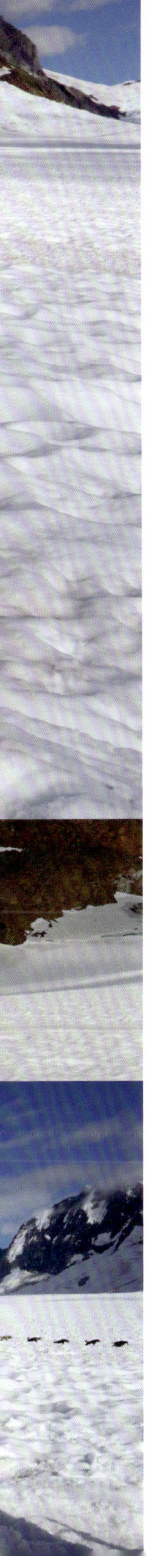

【旅行直播】

阿拉斯加雪橇犬,最古老的雪橇犬之一。它肌肉发达,四肢有力,身体结实,具有极强的耐力,站立时头部笔直,跳跃着,蹦着,吐着舌头,警惕的双眼注视四方,呈现一种高雅而充满活力的神情。它们最擅长组成一支队伍,前后十几只,一长串,拉着雪橇在茫茫雪原奔跑。我居然也驾起了雪橇,牵着缰绳,嘴里激情四射地吆喝着:"驾!驾!驾!"自豪的目光注视前方,自诩已经是个驰骋雪原的因纽特人了。雪橇犬在雪地疯狂地奔跑,留下一长串深浅不同的脚印。尖利的寒风在耳边刀一般地刮着,可没有一点点、一丝丝寒冷的感觉,萦绕在心里的就一个字:爽!休息时手扶雪橇,环顾四周,深邃的蓝天,洁白的云朵,苍茫的雪山,无垠的雪原,远处移动的雪橇……耳畔响着风儿的呼啸、雪橇的铃声、女孩的尖叫、男孩的欢呼……这时,我已经彻底地忘我,忘却了一切——年龄、职业、籍贯;人间所有的烦恼、纠结、不快、郁闷;过去,现在和未来……忘却有时也真是一种幸福,因为我已经完完全全融入了大自然中。

【旅行直播】

冰川高原,雪橇点点,吠声阵阵。站峻岭之巅,满野洁白;万山屹立,奇峰突起。遨游蓝天,雪飘云飞,傲对冰雪天地笑。待风起,看群峰乱舞,独领风骚。飞越长空云游,望苍茫大地皆廓寥。趁体健力壮,能影善文;书生风华,挥笔抒豪。走遍天下,留住足迹,励学当年霞客侯。忆今昔,数日月星辰,不虚枉过。(《沁园春·冰川》)

旅 行 直 播 | 175

【旅行直播】

　　史凯威，阿拉斯加的又一小城。这里曾经是淘金潮的门户，被美国作家杰克·伦敦在一系列小说中反复提及的地方。在这里，妓院、酒吧、银行、走私、抢劫、吸毒……光怪陆离，无奇不有。当时，连通加拿大育空地区的是险恶的崇山峻岭，来回折腾艰难，后来修建了铁路，淘金者往返加拿大就便捷许多。如今，金已淘空，人也走尽，只留下一片沉重的记忆。当旭日从海上升起，邮轮停泊在港湾码头，新的一天又开始了，历史也翻开了新的一页，生活，这就是生活，它就这样迈着自己的脚步，随着日起日落，星辰转移，稳稳地一步一步地向前……

【旅行直播】

　　邮轮不紧不慢,以其惯常的速度驶入了阿拉斯加冰河湾。几乎所有的人都涌向甲板,欣赏这临近北极的一大奇观。块块浮冰漂流在蓝宝石绿宝石般的海面上,大大小小,前前后后,疏密有致,静静地优雅地漂着,没有一丝声息,静得几乎让人窒息。令人惊讶的是,船舷上观赏的人们也没有一点声音,几乎都屏住了呼吸,凝神享受这童话世界里的一片宁静。远处的雪山峻岭,缓缓向后移动,像一个个伟岸的巨人,在向我们默默致意。当夜幕降临,冰河湾,泛着落日的余晖,冰河闪闪烁烁,浮冰星星点点,满天的星斗眨着眼睛,一弯皓月当空,呵,好想捧一杯美酒,吟诗作画,弄舞倩影。深夜,我倾听着海水的喘息、浮冰的絮语、远山的呼唤,在冰晶玉洁的甲板上站了许久许久……

| 旅 行 直 播 |　　179

【旅行直播】

冰河湾几百公里，静静的悄无声息，只有浮冰的漂流、光影的闪烁，渐渐地，宏伟的冰山、冰川展现在眼前。那冰川是冰的悬崖、冰的峭壁、冰的山坡、冰的雕塑、冰的屏障；而雪峰峻岭，苍山茫茫，冰山则是冰川的陪衬和点缀。邮轮行驶在冰的河流，冰的海湾，人们拥挤在船的一侧，举着相机手机，定格在这壮观绚丽的瞬间。它是一幅覆盖着无边无际的冰的画卷，画里的冰，冰里的画，有股难以言语的纯净和壮丽。

【旅行直播】

光，司空见惯。阳光、月光、星光、晨光、灯光、烛光、萤火虫的微光……都曾看见，都曾领略。而阿拉斯加冰河湾特有的光，让我第一次彻底地陶醉和迷恋。它们的光线、光芒、光亮、光影、光晕、光泽、光辉、光环，或直射、或反射、或折射、或映照、或眩晕……称其五光十色，千姿百态，都不为过。那是阳光的魅力、冰河的妖娆、冰川的冷峻，组成光的世界、光的王国、光的乐园。光，给人光明，予人温暖，也赠人美的视觉的陶冶、视觉的冲击、视觉的享受。这是我的一曲崇高的光的礼赞。

【旅行直播】

　　山，我情有独钟，它巍峨、险峻、伟岸、坚硬、不屈，是男人的象征、男人的特质。我曾攀登过峨嵋的金顶，欣赏庐山的云雾，抚摸过唐古拉山的岩石，拥抱过瑞士少女峰的积雪，遥望阿尔卑斯山的峰峦……然而，阿拉斯加冰河湾的山，却让我另辟蹊径，大饱眼福。邮轮在缓缓行驶，一座座冰山雪峰慢慢向后移动，它们是一幅充满动感的画，浓淡相宜、色彩纷呈、布局独特，或油画、或水墨、或素描。它们是一首诗，蕴含深情，或浪漫、或婉约、或深沉，块块岩石是铿锵的字，堆堆积雪是豪迈的句，绵绵山峦是震撼的诗；它们是一支歌，山风吹拂拨动了它的琴弦，冰河流动演奏着它的旋律，汽笛长鸣展开了它的歌喉。它是交响乐，又是独奏曲，更是大合唱。这，就是冰河湾的山，瑰丽的山、旖旎的山、壮美的山。

85
【旅行直播】

　　麦金利山，坐落在阿拉斯加州的丹奈利国家公园内，海拔6194米，北美洲第一高峰。由于地处高纬度，如果幸运，可以亲眼目睹千载难逢的北极光。前往麦金利，需搭乘公主观景火车，双层车厢，上层顶部是透明玻璃，可以环视天空、山谷和树林。一个女声以柔软的英语在广播里不断介绍一路的风光。下榻的公主木屋旅馆，也让女士们尖叫欢呼，一股原始的北极风味迎面扑来。空气中弥漫着浓浓的木质的清香，这是一个木的天地和王国，什么都是木

制的，质朴而厚重。木椅上一个可爱的孩子也为这夜晚的暮气增添了一份亮色。夜色开始笼罩大地，气温已经降到零下，但我们不冷，心里热乎乎的，纷纷到野外散步，甚至像一群"疯子"一样大喊大叫，翘首以盼北极光的神奇降临。突然，有人指着北方大叫：北极光！北极光！啊，好绚丽的色彩！好迷人的光晕！我们已经忘乎所以，居然像西方人那般紧紧拥抱。可是，狂欢的时刻往往弱智，失去缜密的思考，当地人笑着告诉我们，那不是北极光，而是火烧云！

【旅行直播】

　　丹奈利国家公园，占地近600万亩，虽然地处北极圈，但在我眼里，却像越南的热带丛林。我们经历了一次刻骨铭心的冒险，它的刺激、惊诧，几乎让我亲历了一次越战大片拍摄。我们两三人乘坐一辆军用吉普，驾驶员都是利用暑假打工的大学生，他们个个身强力壮，体魄彪悍。吉普在高低悬殊、坎坷不平的旷野里奔驰，或快或慢，或直行或急弯，或穿越杂树丛生的丛林，或飞越尘烟迷漫的沙丘，吉普的剧烈颠簸、惊怵、刺激，一阵阵的尖叫、欢呼响彻荒野。我几乎也忘情，一手死死抓住横杆，一手挥动拳头，表现出一种大无畏的英雄男儿的气概。夜幕低垂，周围被黑暗笼罩，吉普没有停止的迹象，也许大学生们精力旺盛，车子的速度越来越快，驶向一块魔鬼洼地，那里有阿里巴巴的宝藏。我们跳跃欢腾，终于，宝藏被一个孩子获得——一块涂金的金币。是的，我们习惯了平平淡淡生活，舒舒服服旅行，安安逸逸坐车，难得的一次惊险、惊诧、惊艳的冒险，不也是一种隽永的感悟和不朽的体验吗？

旅 行 直 播 | 189

【旅行杂忆】

因纽特人，生活在北极圈内，他们祖先来自我们中国北方，一万年前从亚洲渡过白令海峡，到达美洲，定居阿拉斯加等地。他们以狩猎为生，身材矮小粗壮，眼睛细长，鼻子宽大，皮下脂肪特厚，具有极强的耐寒能力。我们终于在迦纳河畔，见证了因纽特人的尊容。她是个美丽的少女，厚重的皮衣、皮帽，尤其像巨大光圈一般毛茸茸的帽檐，令人惊叹不已。这是他们特有的装饰和点缀。他们居住的房屋都是厚厚的原始圆木制成的，烧火的火坑特别讲

究，周围的木椅木凳粗糙厚重。哦，在那漫漫冰封的长夜，这群甘于寂寞的因纽特人，围坐在熊熊燃烧的火坑旁，啃着鲜美的兽肉三文鱼，唱着古老的歌，跳着典雅的舞，这是一个何等遥远又神秘的场面。迦纳河静静地流淌，苍苍莽莽、混混沌沌、浩浩荡荡，携带着历史的痕迹、岁月的沧桑、生活的记载……那鱼架上晾晒的黑黑的三文鱼干，似乎也在眺望这沉寂、辽阔而古老的阿拉斯加。别了，永远珍藏在我心中美丽而神奇的阿拉斯加！

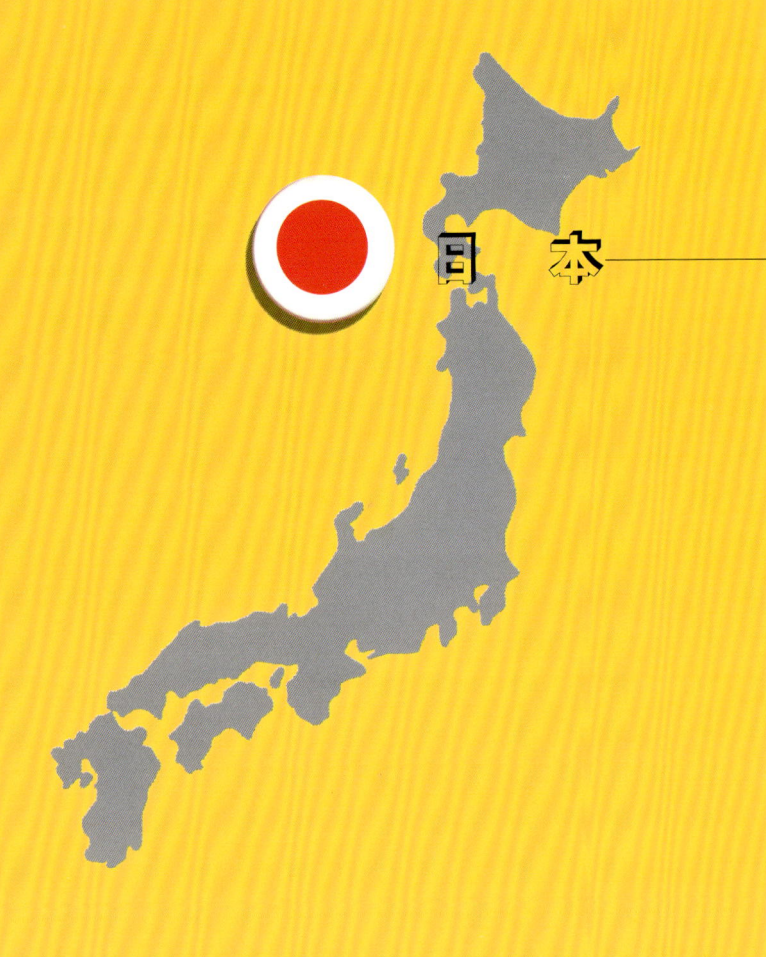

花海富良野

日本四岛——本州、四国、九州和北海道。北海道，地处日本最北，与俄罗斯遥遥相望。

冬天的北海道，银装素裹，一片白茫茫，雪皑皑，山峦、河流、道路、屋顶、树梢，厚厚的积雪，宛如白色的武士盔甲。踩一雪橇，挂一雪杖，在滑雪场驰骋；坐一雪上摩托，把握方向盘，加大油门，在林海雪原穿梭奔驰，实在是一种无限的快意和乐趣。

夏日的北海道，花的海洋，花的世界。在花团锦簇中泡汤，仰望苍穹，耳听鸟鸣，浑身舒坦。富良野的鲜花，万紫千红，百花争艳，那紫色的薰衣草，铺天盖地，一望无际，像一群雍容华贵的贵妇，翩翩华尔兹，分外妖冶，煞是壮观。

北海道，天然的氧吧，天然的浴场，天然的花海，天然的人间乐园。

【旅行直播】

　　日本，我们之近邻，恩恩怨怨，耳熟能详。它是个小国，与我们相比，属弹丸之地；它又是个岛国，主要由本州、四国、九州和北海道四大岛组成。东京，大阪、京都等著名景地我都曾涉足，地处最北的北海道在我心目中，始终是个荒芜，苍凉，寒冷和神秘的地方。这在日本著名男星高仓健的影片中，留下深刻印象。两年前的冬季，我终于踏上这块土地。我们第一夜下榻的是离北海道千岁机场不远的星野TOMAMAU酒店。这是一家五星级酒店，拉开客房半透明的薄纱窗帘，一幅无比美妙的雪景立刻展现在眼前。像精致的水墨画？像遥远的童话世界？像神奇的梦幻天地？我已经不能自已，欢呼雀跃，只听相机快门的嚓嚓声。雪，对于我们地处江南的上海人，陌生，新鲜又向往，真想捧一把在手里，细细地端详，美美地欣赏，热烈地亲吻。我知道，这仅仅是雪国之行的第一天，第一夜，更让人振奋，欣喜，疯狂，大声嗨嗨的还没有正式拉开帷幕呢。

【旅行直播】

　　小时候看过的武侠小说中,"雪上飞"是我倾慕的一种侠客。不料,到达北海道的第一个黎明,我就当了一回蹩脚的"雪上飞",像模像样穿上长长的雪橇,一本正经套上手套,全副武装一身滑雪衫,煞有介事左右手两根雪杖,教练嘱咐几句,就让我们先学着在雪地上迈几步。我刚想迈步,还没有迈出第一步,仰天就是狠狠一跤,一身一脸的雪,相机却始终牢牢挂在胸前,人几乎斜躺在地上,也是"不屈不挠",不忘本色,随手咔嚓一声,拍下一张斜角几乎呈45度的美照。孩子学滑雪速度最快,没有几个迈步,已经在雪上飞起来了。孩子个子矮重心低,平衡能力超强,一个个孩子成了名副其实的"雪上飞",滑雪场成为孩子的天下。远处,马爬犁在雪原上缓缓移动,响着悠扬的铃声,还有几声隐隐的欢笑。茫茫大雪,创造了一个白色的世界,营造了一片欢乐的天地。雪,人世间一个绝妙的精灵。虽然我最终没有成为"雪上飞",但还是过了一把滑雪的瘾,大声喊了一声"爽"。

【旅行直播】

　　骑摩托，平生从未尝试，更是一种奢望。北海道的茫茫雪原上，我居然亲自驾起了一辆摩托——雪上摩托。起初，有些胆怯，但我曾拥有汽车驾照，这点雕虫小技奈何不了我。果然，马达一发动，摩托得心应手，在雪地上飞驶起来。这是一个车队，浩浩荡荡，前有教练车带路，后有教练摩托压阵。为了安全，还得防迷路，无边无际苍茫雪原，稍不跟紧，就不知东西南北。我是最后一辆，不紧不慢，穿林海跨雪原，一副凛凛然的英雄气概。休息时还兴高采烈，为车队驴友充当义务摄影师。由于我的摩托慢条斯理，压阵教练有些不耐烦，超越而过，飞驶而去。啊，大事不好，没几分钟，纷飞的雪花中，不见了车队的踪影，不该发生的事终于发生了，我真的迷路了！茫茫然不知往哪儿走。眼前一片洁白，一片旷野，无边无涯。一直自诩淡定的我，也心急如焚。急中生智，我运用手机，拨通导游电话，对方气急败坏地询问："你在哪里？你在哪里？"没有方位，没有方向，我怎么知道"我在哪里"。听到旁边的教练反倒心平气和，请我耐心等待。纷飞的雪花中，我不敢移动半步，心甘情愿接受凛冽寒风的洗礼。不久，当远处出现一辆摩托身影的时候，我像一头迷途的羔羊，忘情地振臂欢呼雀跃起来……

91

【旅行直播】

天有点阴,风有点紧,似乎在酝酿一场鹅毛大雪。远眺近望,山、水、桥、屋、树……一切都静悄悄的,安详而恬静,默默地期待雪花飞舞的盛装表演。隐藏在山坳里的村落,像一群隐居的老者,安谧地颐养天年,盼望一场舞蹈的盛宴。山谷中的小溪没有冰封,一泓清冽的河水唱着一曲叮咚的歌,一横孤独的木桥在侧耳倾听,哦,难舍的知音。气温箱上悄悄堆积了一层厚厚的雪,像皇冠?像绒被?像雪伞?不不不,什么都不像,她就是她,雪就是雪。水电大坝更是威武,横枪跃马,仿佛在大喝一声:唯我大坝将军……一切都在期待,期待一场纷飞的雪花隆重光临。

【旅行直播】

　　文学创作，每个作家都有每个作家的风格；摄影，我是个初学者门外汉，没有资格侈谈风格，只能说说自己的喜好——喜好拥有自己的拍摄角度，自己的画面布局，自己的审美情趣。我喜欢画面不能塞得太满，留有一定的空间；崇尚主题清晰、清新、清雅，不喜欢哗众取宠、故弄玄虚；偏爱线条流畅、明晰、简洁，不想追求奢华、富丽、烦琐。茫茫雪地上的一个"孤岛"，一座高压电塔，一株独树，一个夜归的行人，一条小路，一间独屋，酒店中的一束灯光……这些画面的撷取，都是我这个初出茅庐的摄影爱好者的初步尝试，拜请各位好友悉心指正。

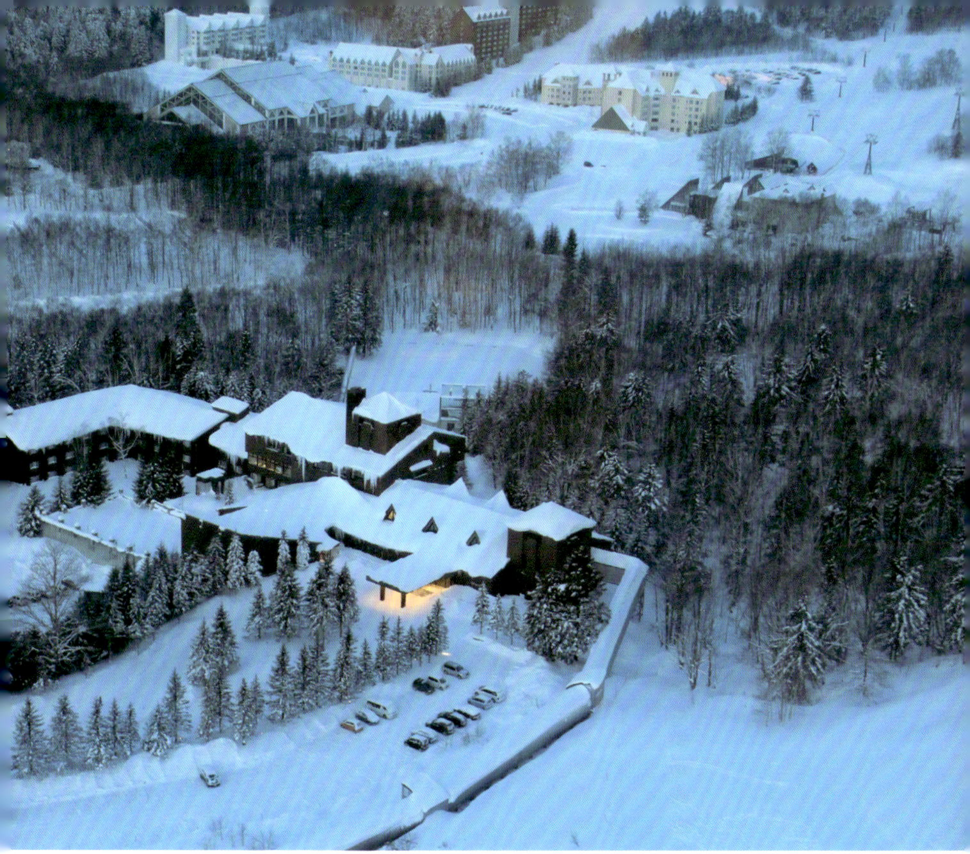

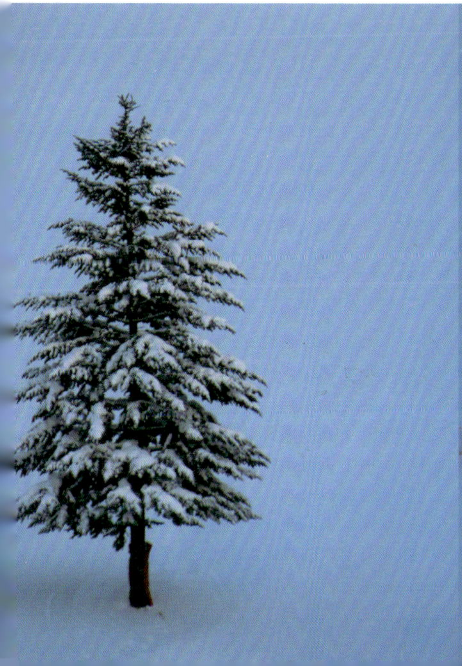

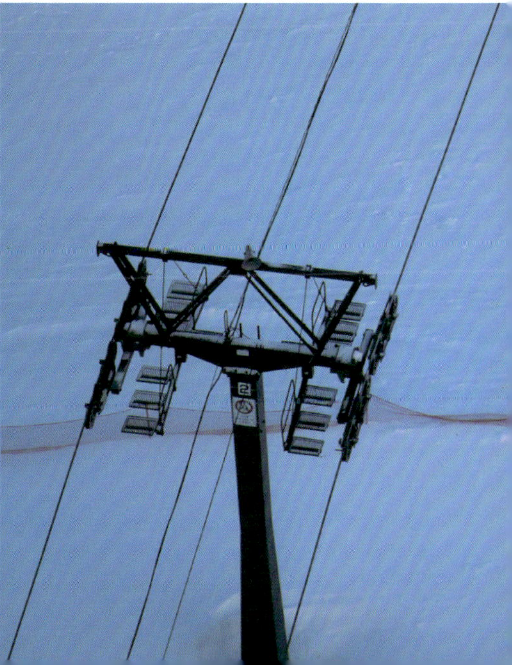

【旅行直播】

雪始终没有下，迎接我们的却是一个朝霞满天的早晨。阳光明媚，温暖灿烂；大雪纯白，冰晶玉洁。两者交相辉映，和谐融合，那将是一幅多么壮丽的画面！阳光染红半边天，雪的妖娆、湖的妩媚、山的巍峨、树的挺拔、楼的冷峻、人的青春……演绎得淋漓尽致，组合得相得益彰。我不是歌手，但好想唱一支歌；我不是画家，但好想画一幅图；我不是诗人，但好想写一首诗，讴歌这给人光明和温暖的阳光，赞美这给人纯洁和深情的雪花。

94
【旅行直播】

　　支笏湖，北海道的一个名胜。湖的四周都已冰封玉雕，枯树摇曳，璀璨的阳光下，朵朵白云染上了一层淡淡的红晕，飘浮在蓝天，如同一群翩翩起舞、披着白纱的圣女。湖水清澈，碧蓝碧蓝，像碧玉如宝石。它没有结冰，似乎还冒着微微热气。这是何故？因为地面温度零下好几摄氏度，已经呵气成冰。导游告知，日本火山频发地，即使地处北端的北海道，地下同样蕴藏着无比的热量，到处温泉，所以湖水不会冰冻，四季几乎常温。回头一看，呵，支笏湖，美丽而妖娆，羞涩而妩媚，如同一个盛装的新娘，正款款向我走来……

【旅行直播】

　　一溜台阶沿着山坡蜿蜒向上，白茫茫的雪地上一条曲折有致的弧线。弧线是美妙的，美妙的是弧线。一个台阶一个台阶拾级而上，还有别致的栏杆和扶手。它们都是木制的，坚硬、温暖而富有弹性，它们遇水不腐，遇雪不烂，默默地承载着游人的脚步。游人的脚步安稳而踏实，一个脚印一个脚印，留下自己坚实的足迹。这是支笏湖山坡上的一圈台阶，在蓝天白云下，在雪花冰雕中，盘旋而上。我们生活中不是也有这样的"台阶"吗？人的一生不就是由这一个个"台阶"组成的吗？那么，如何走好、踏准这些"台阶"，就是我们应该认真思考、深入研究和智慧探讨的了。今天恰逢2016年元旦，恭请诸位朋友共勉，来年走好自己独有的"台阶"。

96
【旅行直播】

　　冰墙，冰柱，冰屋，冰的世界，冰的王国，一切都置身于冰的天地间。蓝色的冰晶宫殿，瑰丽无比，无比瑰丽。蓝得心醉的冰墙，晶莹剔透，散发出逼人的寒气和寒光，却不觉得丝毫的寒冷，而是一种惬意的淡定和温馨的从容。地上也是冰的大理石、玉的雕龙砖，上面铺着一层柔软的雪花，犹如一张奢华而洁白的地毯。徜徉其中，悠然而华贵，一身的黑色，此时此刻，何等华丽，何等崇高，俨然两个高贵的夫人。这也许就是冰的魅力、冰的诱惑、冰的震撼。走进冰的世界，恍惚来到冰的童话；踏入冰的天地，仿佛融入冰的心灵。哦，我的冰晶，我的玉洁！

97

【旅行直播】

　　日本的崛起，自明治维新。而江户时代在日本历史上占有重要的一页。伊达时代村则是江户时代街风街貌的一个缩影。满眼一片雪白，庙宇、长廊、凉亭、小桥、店铺、瞭望台……似乎一切都回到了已经逝去的岁月，翻开了一页已经遥远的历史。我们抵达时已近黄昏，天空依然湛蓝，雪花依然洁白，随着夜幕的逐渐降临，光脱脱的枝丫直指苍茫的天空，时间已晚，到了闭园的时间，游人纷纷离去，更显现几分苍凉、几分落寞。也许我们是最后一批离开者，踏着路上残留的碎雪，环顾四周渐渐被暮色笼罩的街景街貌，心扉紧闭，不知是失落还是压抑？沉闷还是抑郁？天晓得！

【旅行直播】

终于下雪了！来到北海道已经数日，天空始终一片晴朗，蓝天白云，雪景妖娆，煞是好看。然而，不见漫天飞雪，不见鹅毛般的大雪从天飘落，真是个遗憾。老天眷顾，那盼望已久的大雪，纷纷扬扬，毛茸茸的，一朵朵，一片片，飞舞着，旋转着，飘逸着，像一个个洁白的小精灵，以优美卓越的舞姿，在空中表演特技舞蹈。高速公路已经披上银装，只留下两道清晰的车道。我们的大巴沿着这车道缓缓行驶，我异常兴奋，特意坐到前排，端着相机，聚焦前方，摄下雪中的一个个美妙瞬间。窗外一片混沌，除了雪还是雪，雪花又仿佛一个个顽皮的孩子，蹦跳着，玩耍着，肆虐着，不知疲倦，不知歇息。雪越下越大，车道迅疾被大雪覆盖，铲雪车已经出动，车辆只能单向行驶，引路工在纷飞的雪花中指挥交通。大巴驶出隧道，一片迷茫，只见两盏车灯，像睁着的一对惺忪睡眼。车厢内播放着一支哀怨的日本乡村歌曲，空调散发出懒懒的暖气，驴友们大多昏昏欲睡，唯独我，依然陶醉在雪花飞舞的艺术世界……

【旅行直播】

　　札幌，北海道唯一洋溢欧洲风情的城市。尤其是建筑物，凡是欧洲风格的都能在这里找到它们的踪影。对于建筑我纯属外行，但浏览的兴趣还是甚浓。在大雪覆盖的街道，任飞舞的雪花飘洒在头上、身上和脸上，自由自在、漫无目的地穿街走巷，难得吃一个七彩冰激凌，选几个精致八音盒，购几许手工工艺品，挑几块儿童电子表和动漫游戏软件，再买一些日本保健品、药品……该买的都想买，不该买的也想买，但事后冷静想想实在惭愧，又很无奈。

　　札幌的情人河也是一景，据说那是情人幽会的地方。可惜，天寒地冻，雪花飘飘，哪有情人的踪影？只有一条不结冰的潺潺流水，无声无息，铁栏杆也似乎冷酷无情，冰冷冰冷。其实，情人幽会何必拘泥此地？欧式的咖吧、日式的艺馆、中式的茶楼，难道不都是好去处？我想，待到樱花烂漫时，这里也许是另一番景象吧。

100

【旅行直播】

雪国的夜晚别有一番风味。夜幕降临，札幌的狸小路突然热闹起来。它是一条著名的购物街，灯火璀璨，人头攒动，各种商店、各种商品，应有尽有。旅行团中的购物迷们，早就摩拳擦掌，三五成群或单兵作战，瞄准目标，开始狂淘狂购狂抢。商店的中文广告也骤然增加许多，疯狂购物者大概都是我们国人了。马路上火树银花，雪花铺地，此刻也是下班高峰期，行人们行色匆匆，纷纷踏雪回家。札幌的冰雪广场却是年轻人的舞台。这里正在举行露天广场音乐会，冰晶的背景，五光十色，绚丽多彩。几个青年男女在台上引吭高歌。这是一曲摇摆、激昂的旋律，摇摆的节奏，高亢的嘶吼在广场上空盘旋回荡。雪花大把大把从天而降，撒向大地，撒在每个人的身上脸上，台上的演员，台下的观众。哦，雪天之夜是狂欢的夜，札幌之城是不夜的城。

旅 行 直 播 | 219

101

【旅行直播】

名古屋,小时候曾天真地顾名思义,异想天开,自认为这是一座有许多有"名"的"古屋"的城市。热田神宫大概就是一座有"名"的"古屋"。它是一座神庙,颇有我们中国古代建筑的风范。此刻北海道雪花纷飞,冰天雪地,名古屋却是绿树成荫,莺飞蝶舞。神宫,木质结构,朝拜者必先洗净双手,双手合十,微闭双眼,作揖祈祷。神圣的信仰,美好的祝愿,诚挚的希冀。神宫,神的宫殿,心的归宿,人的净土。我也想焚一炷香,作一次揖,许一个愿,静静地沉思,默默地祝福……

【旅行直播】

　　名古屋的街头，我偶遇几个刚放学的小屁孩，没穿校服，杂色的小便装，背着双肩小书包，几顶黄色的小帽倒是一模一样。他们嘻嘻哈哈，打打闹闹，一路闲逛，一路回家。大凡孩子脸上都是阳光，满是微笑，没有忧愁，没有烦恼，嘴里叽里咕噜的，我实在听不懂他们说些什么，只是用探究的目光注视着他们。他们的神情无疑是可爱的，胖嘟嘟的小脸，掉了一颗门牙的小姑娘张开小嘴，一本正经说话的小个子屁孩……突然，一个小孩被他的伙伴故意撞了一下，书包掉在地上，书本撒了一地。他不叫喊也不漫骂，坐在地上，无奈地望着远远逃离的一群伙伴，整理着地上散乱的书籍。哦，一个可怜的弱者。

【旅行直播】

天守阁,名古屋的象征,屋脊上的兽头瓦最为有名。它始建于公元1612年,日本长庆年间尾张德川家的城堡,极端奢华,可惜在二战中大多被烧毁。1959年重建天守阁,成了钢筋水泥的建筑。这样的复古建筑,见之甚多,也少有激情,无非亭台楼阁,飞檐精瓦。然而,那几十米深的木质竖井,让我叹为观止。站在阁顶,探头向下俯瞰,多少质朴的木料,竖竖横横,横横竖竖,构建了一口无与伦比的深井!遗憾的是身边没有知识渊博的导游,不知道这口特殊木井的深邃含义和历史故事。不过,它也提供了一个想象的空间,其中必有典故,必有传说,有待于我们展开丰富的想象,去揭破、演绎、深化,这大概也是旅行给予我们的一点小小恩惠吧。

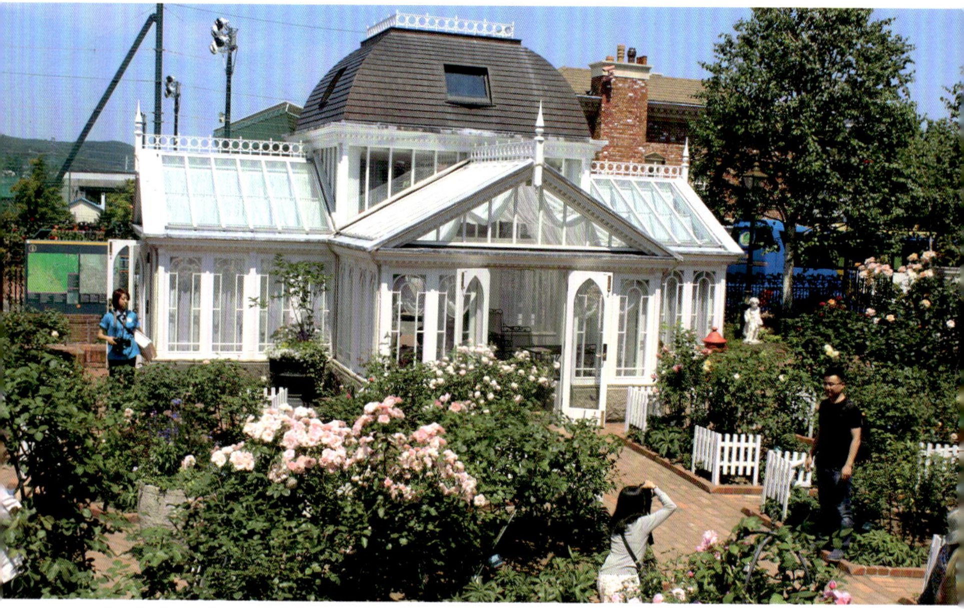

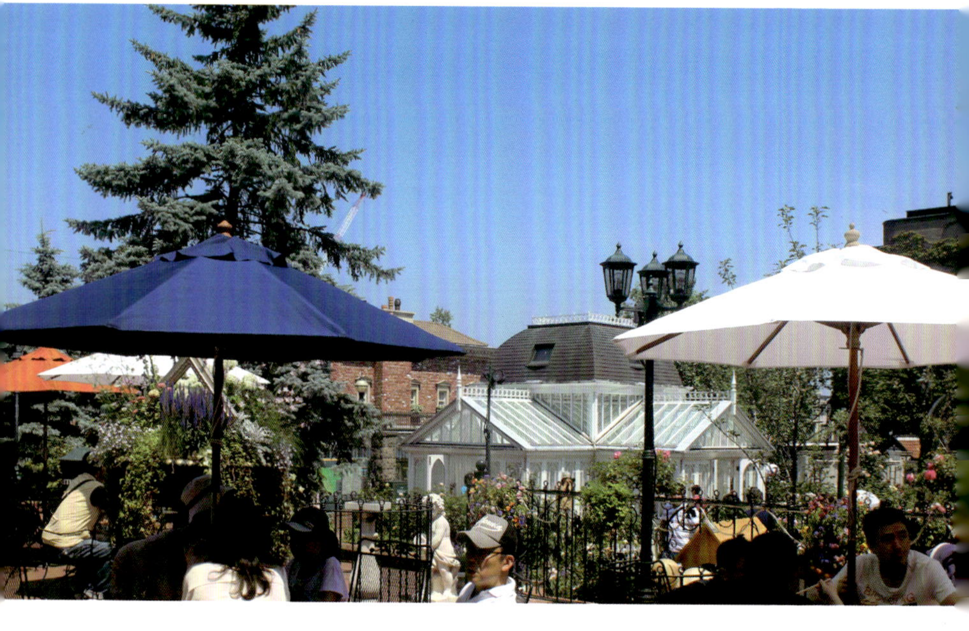

104
【旅行直播】

我曾一览日本北海道隆冬的美景，2015年夏天又兴致勃勃投入了它的怀抱，领略领略北海道冬夏之不同风采。小樽，一片明媚的阳光，夏日的风韵扑面而来。白色恋人，童话般的建筑和花园，缤纷的遮阳伞和座椅，花团锦簇的花圃和阵阵花香。我身不由己，也成了"恋人"，恋上了这里的屋，这里的花，这里的饼干，这里的巧克力，这里属于孩子的一切。这里是孩子的天地，孩子的乐园。既然这里的一切属于孩子，那么为什么命名"白色恋人"，这个似乎是属于成人的名字？我一时不解，但很快就得到诠释。孩子是最能"恋"的，恋人，恋物，恋好看的，恋好吃的，而且恋得纯，恋得真，所以只要一说白色恋人，几乎所有的孩子都知道，日本的饼干和巧克力，好吃！为企业，为产品，乃至为人命名，其实是一门高深的艺术。

105
【旅行直播】

也许从小被洗脑，我从来不相信有神仙，全靠我们自己。但是，当我一走进这块离小樽不远的沼泽湿地，马上意识到这是神仙住的地方，不然为什么叫"神仙沼"呢？这里，除了绿绿的草，就是浅浅的水；除了蓝蓝的天，就是弯弯的桥。几乎没有一丝杂音，静静的，人好像要窒息。轻轻的一声呼唤，声音在空中久久回荡，不绝于耳。洁白的小雪球般的毛茸茸的蒲公英，微微摇曳着婀娜的身姿，肆意地卖萌。噢，这儿，神仙住的地方，神仙过的日子哦。

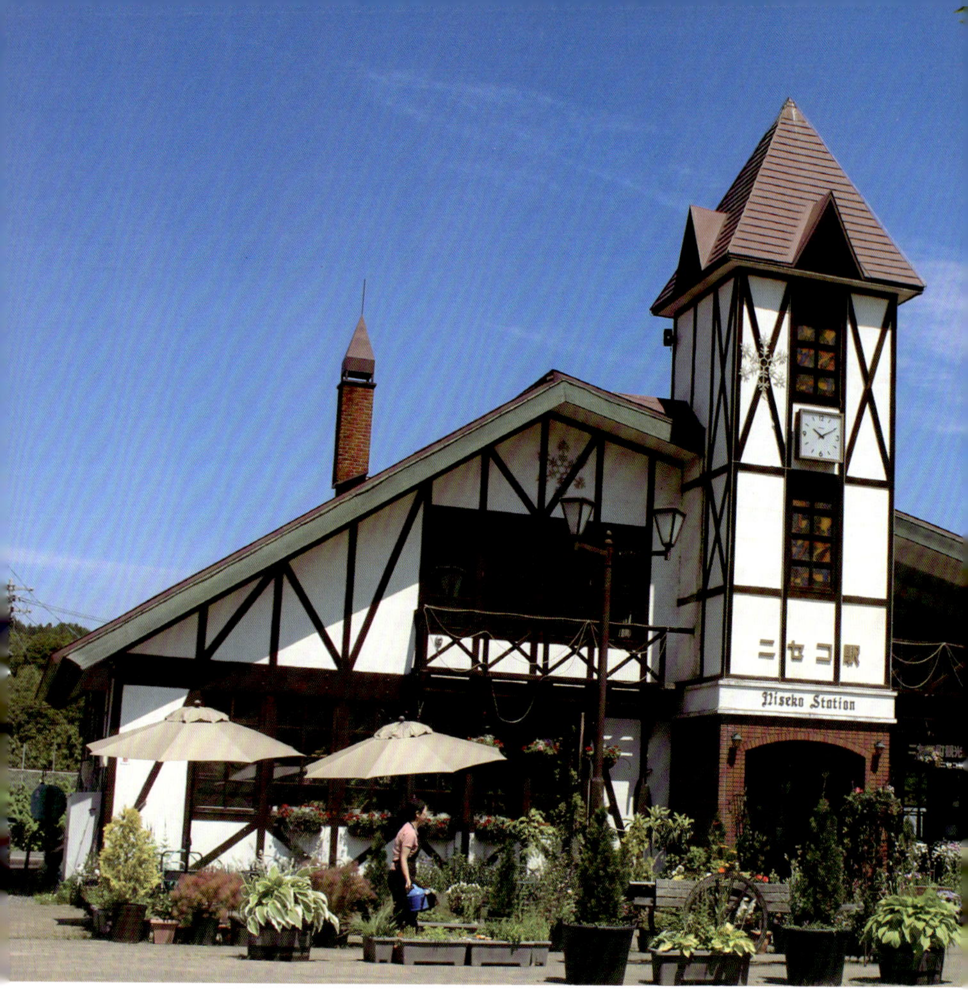
ニセコ駅
Niseko Station

山線の旅

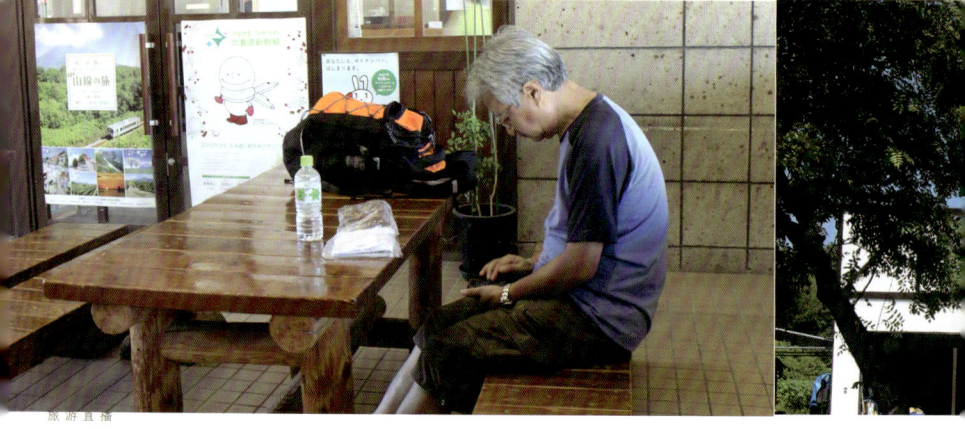

106

【旅行直播】

据报道，日本北海道有一个一个人的火车站，每天只有一个读高中的女生，早晨在这里上车去上学，傍晚放学在这里下车，车站的效益实在太差，铁路部门几次想取消这个车站。然而，最后没有取消。这个车站留给我的是孤寂和冷清，但是却有一股浓浓的人情，淡淡的诗意。我想寻找这个车站，却不知道在何方。不料，我来到了又一个"一个人的车站"——二世古火车站，整个车站仅有一个老年旅客在默默地候车。车站的造型颇为别致，古典的日本风味。其线条和色彩融合着浓郁的东瀛情怀。眺望远方，那是羊蹄山，号称日本富士山第二。这座不像羊蹄的羊蹄山，反倒映衬了这个车站的孤傲和冷峻。车站旁也没有公交，停泊着一辆寂寞的私家车，一座红顶小屋，一横跨江铁路桥，为车站平添了几分艳丽和温馨。也许我有点厌恶大都市的嘈杂和喧闹，需要一种宁静和安谧，居然留恋起来，久久不忍离去。哦，一个人的车站！

107
【旅行直播】

"不见洞穴哪来洞?没有爷们自称爷。自古樱花花期短,辉煌一时已凋谢。(洞爷湖,平淡无味,视觉麻木,湖水波澜不惊,驴友纷纷回酒店休息。我则迎着一抹晚霞,猎奇美景,四处搜索,无功而返,偶尔摄得几景,聊以自慰然而却心有不甘,随手胡乱涂歪诗一首,命名《洞爷湖·无题》,供朋友们笑纳。)

【旅行直播】

　　火山爆发是个奇观，也是一场灾难。当火红的岩浆从沉默的山体中迸发，挟带着砂石、尘土倾泻而下，瞬间掩埋了城市村庄，这是何等可怕而恐怖的场面！火山有两种：活火山和死火山。当听说是死火山，人们常常报以微微一笑，泰然处之；而一旦听说是活火山，立刻谈虎色变、退而避之。面前这座火山就是活火山，日本最年轻的岩塔型火山，1943年12月刚刚喷发，喷了两年，1945年9月才停止，然而它没有死，继续活着，堆积的山体岩石由270米增加到如今的402米。看，山体上还冒着浓浓的白烟，还在悄悄地喷发。这座火山就是著名的"昭和新山"。山下有个科学家的雕像，在远远地观望呢。作为旅游景点，不远处还有个别样的牧场超市，商品倒也琳琅满目。

【旅行直播】

　　天阴沉沉的，浓云密布，太平洋的恶浪卷起千堆雪，冲击着堤岸的黑色礁石，排山倒海，发出惊天的涛声。这样恶劣的气候，不适合旅行，然而，我却情有独钟。因为它险恶，面对这样的惊涛骇浪，可以呈现自己的豪迈气概；因为它凛冽，迎着太平洋的遒劲寒风，可以展示自己的凌云壮志。岸边，高悬一个钢框、一个地球、一口洪钟，伸出手臂，面向浩瀚的大海，叩响洪钟，那是何等的震撼，何等的惬意，何等的快感。旅行未必花好月圆，未必春风杨柳，未必湖光山色，未必阳光灿烂。这次旅行到达的这个景点有个别样的名字：地球岬。

【旅行直播】

　　冬天赴北海道，泡温泉（日本人说泡汤）无疑是最酥心的享受。泡汤有室内、室外两种，当然，室外泡汤最浪漫最刺激。露天，雪花飞舞，棉絮般的雪花，纷纷扬扬，从天空飘下，散落在冒着热气的汤里，散落在赤裸裸的身上、脸上。人，整个身体泡在热乎乎的汤里，头仰在水面，望着布满星星的天空，伸出舌头，尝尝冷飕飕冰晶的雪花，那感觉实在妙不可言，酥身酥人又酥心！那么，这从地下源源不

断冒出的一股股滚烫的泉水，它的源头在哪里？旅行有时也是一种探幽，登别的温泉最为有名。于是，我们来到了它的源头——大汤沼！120摄氏度的高温哦，挟带着一股浓浓的硫黄味，浓浓的热气，从地下源源不绝地冒泡，奔涌，形成滚烫的热流，沿着山谷，倾泻而下；再经过各酒店、宾馆的科学处理，形成"汤"，即天然的温泉，供大家泡，供大家乐，供大家强身健体，供大家娱乐享受。

111
【旅行直播】

美瑛，诗一般的名字。亚斗梦之丘，梦一般的意境。啊，北海道的精灵！花的世界，花的王国。不禁模拟徐志摩的诗：我轻轻地来，又悄悄地去，不忍离开，不忍分别。摘一朵天上的云，珍藏在暖暖的心怀；看一眼地上的花，醉卧在百花丛中；摸一下路边的树，似伟人一般屹立在天地之间；望一望远处的塔，振臂一呼，心灵的召唤，精神的呐喊。眺一眺遥远的地平线，天地的广袤，视线的辽远，胸襟的开阔，好一个壮丽的人间乐园。云海里，花丛中，大树下，尖塔内，留下了我的身影，镌刻了我的足迹，录制了我的声音，我匆匆地来，又悄悄地去，不禁回眸，轻轻呼唤：美瑛，好想携你而去；亚斗梦之丘，好想抱你而归。

【旅行直播】

　　田野，这是一个很普通的词汇，在学生时代就学，就写；当老师以后也教，也解；成为作家了，在自己的文章里不知运用了多少回多少遍。然而，真正读懂和理解这个词汇的内涵，还是在北海道的美瑛。看，在田野面前，人是渺小的，只是一个点，像一只小小的蚂蚁。在田野面前，天地是广阔的、无垠的，没有边际，没有尽头。在田野面前，色彩是艳丽的、明媚的，富有那么丰富的层次，那么优美的线条。在田野面前，蓝天白云是清纯的、高远的，它们拥有鲜活的灵性、青春的活力。在田野面前，人的胸怀无比博大，无比包容，可以包容整个世界，整个天地。田野，这就是真正的田野，全部的田野。

113

【旅行直播】

　　近来，素质是个热门话题，一时也很难说清，很难概括。其中，胸襟很可能涉及素质的范畴。胸襟的宽广和狭隘、高远和低眉，影响到素质的有与无、高与低。开阔的胸襟，它能够包容，包容对方的缺点、过失，不是一味谴责、抱怨，甚至谩骂；能够长远未来，志高辽远，不是一味追求眼前利益、一时得失；能够羡慕、嫉妒、爱，可以羡慕、可以嫉妒，更要大度地爱，不是羡慕嫉妒恨，那是小肚鸡肠，小人之为。

　　人人希望有个博大的胸襟，那么，怎样开拓自己的胸襟呢？途径多种多样，其中，走出自己狭小的圈子，暂离钢筋水泥的狭隘空间，站到广阔的田野上，双手叉腰，抬头遥望天穹，深深呼吸一口清新的空气，蓦然间，会发现自己的胸襟突然开阔许多。看看北海道美瑛那一望无际的田野、辽远的地平线，就会发现自己高大起来，伟岸起来，神圣起来。也许，宽广的胸襟就是这样炼成的！

【旅行直播】

不知道为什么,行走在公园之中,徜徉于山水之间,奔波在天地之际,我关注的、欣赏的、点赞的常常是树,或参天大树,或玲珑小树,或常绿苍松,或不衰翠柏,很少把视线投向那姹紫嫣红的花朵,春的桃花,夏的翠荷,秋的艳菊,冬的腊梅。而且,对花的知识也知之甚少,一知半解。然而,北海道富良野的薰衣草,却牢牢地抓住了我的眼球，那强大的视觉冲击力，着实震撼了我的心灵。那是怎样广袤的一大片，不，无边无垠的薰衣草啊。看不见头，望不到尾，满野的艳丽，满目的璀璨，满世界的缤纷。我完完全全投身于花丛之中，淹没于花海之内，沉醉于花的芬芳之际了。其色彩，其形态，其香味，氤氲于整个天穹和大地。我能说什么，写什么，唱什么，吟什么？不能，在这样一大片一整片的薰衣草面前，一切都显得苍白乏味。我只能默默地注视、凝望和祝福……

115

【旅行直播】

富良野山之峰町是个无名小镇，默默隐藏在山野之中。我们抵达时已经黄昏，路上几乎没有一个行人，静谧得有点令人窒息。一栋别墅里传出的轻柔钢琴声，像一股山涧清泉，叮咚作响。夕阳的余晖，像泼墨将云朵染成大块的色板，壮观而大气，绚烂而诡谲。我们没住五星酒店和宾馆，租借了一栋别墅的底层。走上几级台阶，一按门铃，两间卧室，一个大厅一个厨房，可洗衣可煮饭。当然，浴室也宽大舒畅。卧室榻榻米，简洁干净，新鲜别致。我们立马去超市，米、面、鱼、肉、菜、牛奶、鸡蛋……该买的都买，该烹的都烹，驴友们七手八脚，各显神通，好一顿丰盛的纯中式晚餐。我则偷懒，向诸位扮个鬼脸，脚下抹油，溜出门，趁机去欣赏这璀璨的黄昏、诡异的云彩、寂静的小镇、晚霞映衬下迷人的剪影了。

【旅行直播】

年轻时,我也是个影迷,曾经如痴如醉地梦想有朝一日成为一个导演——张导。中学时,自编自导自演小话剧《小小图书馆》,在学校文艺汇演中获奖。可惜,最后没有梦想成真,由于种种原因,张导成了泡影,成了一个愉快而痛苦的回忆。当然,我也忘情地追星,每星期日上午去倾听电影明星的演艺朗诵讲座。回来的路上,我会旁若无人,手舞足蹈,痴头怪脑地乱背乱诵《哈姆雷特》

中的台词。外国影星中,日本男星高仓健是我崇拜的偶像。他的冷峻、刚毅、凝重、沉着、不屈……这些男人的阳刚之气、果敢之骨常常出现在我的幻觉里。不料,这次在富良野的一个僻静处,意外地来到了高仓健主演的《雪国的车站》的拍摄地。它隐藏在茂密的森林中,这是一个木制的世界,木头的房、木头的栏杆、木头的台阶、木头的咖啡屋,斜坡山路上铺的也是细碎的木屑。树荫婆娑,凉风习习,选一家据说高仓健亲临过的咖啡屋,临窗,要一杯卡布其诺,加糖,品一口,咂咂嘴……呵,这一刻,曾经梦想中的张导似乎又回来了。

【旅行直播】

对于色彩,我很少关注紫色,仅仅在书中略知一二,紫色象征高贵。这次,在富良野的彩香之里,她像一个蓦然撩开面纱的新娘,我不敢相信自己的眼睛,我惊艳,我凝视,我沉醉。一大片一大片紫色的薰衣草,像紫色的海洋,微风吹拂,卷起阵阵紫色的波浪。在一片紫色的光晕里,我想到了紫罗兰、紫水晶、紫砂壶、紫禁城、紫檀木、紫金山、紫云英、紫丁香、紫貂、紫荆、紫苏、紫藤、紫菜……一切有关"紫"的词语。这些"紫"似乎都包含同一个意蕴:高雅和高贵。人在紫色中站,人在紫色中走,人在紫色中游,人也会"紫色"起来。

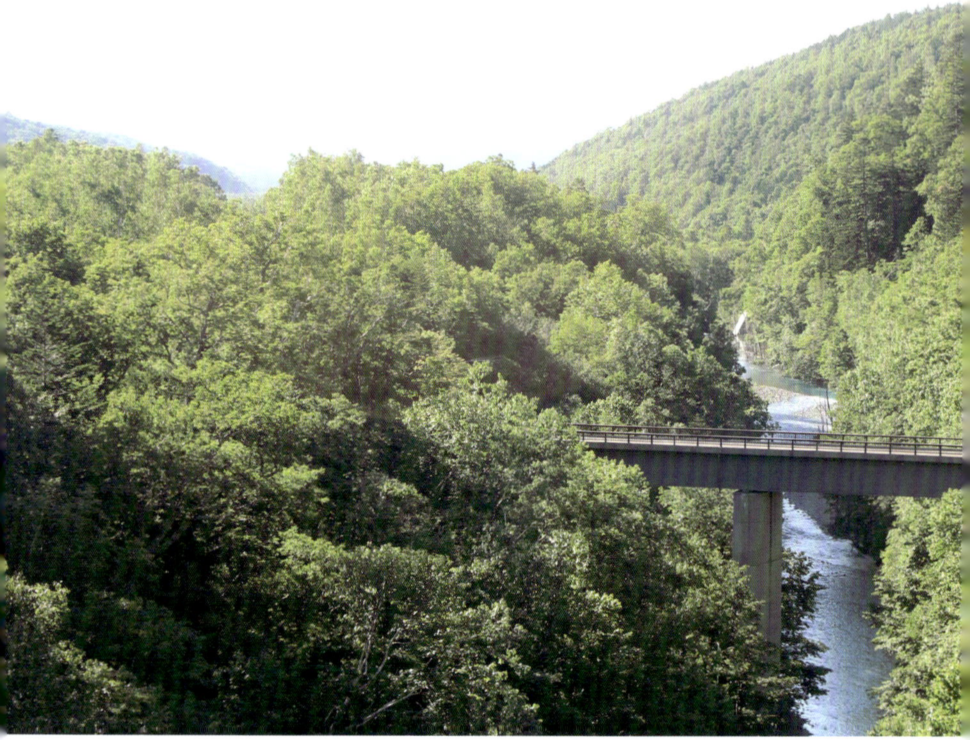
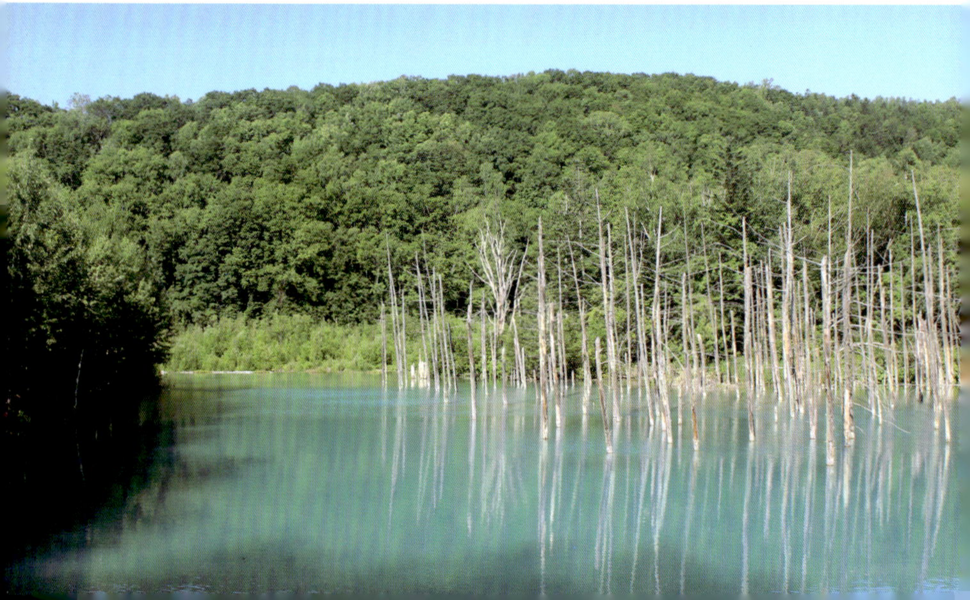

【旅行直播】

这是在哪儿？骤然来到富良野这样一个梦幻之地，简直分不清东西南北了。翡翠一般的湖水，凝固了似的，纹丝不动，没有一丝波纹、一丝皱褶。湖畔的丛林保持着它们的原生态，原汁原味，没有丝毫的损坏。面对这样的幻境，不禁联想起遥远而荒蛮的过去，苍茫而悠远的历史。这里，可以发生许多荒诞的故事，远古时代恐龙出没，未来世界外星人入侵；还可以演绎不少美丽的童话，美人鱼与王子的悲欢离合，天鹅在湖畔翩翩起舞，小天使在丛林采集蘑菇。这是一个可以产生梦境的地方，可以异想天开的去处，可以狂妄不羁的天地。它有一个很美丽又很好听的名字：青池。

智　利

酒醉葡萄园

智利，是南美一个很特殊的国家，国土呈狭长状，南北有4 400多公里，东西最窄不到100公里，濒临太平洋，像太平洋沿岸的一条玲珑的玉带。

智利太平洋上有个小岛，原名马斯地岛，后来改名鲁滨逊·克鲁索岛。它的改名与《罗滨逊漂流记》有关，1704年—1709年，苏格兰水手塞尔柯克漂流到岛上独自生活了4年多，创造了人间奇迹。这是一个值得纪念的小岛。

火地岛，南美最南端的岛，它与南美大陆相隔一个海峡——麦哲伦海峡。它的2/3属于智利，1/3属于阿根廷。这里有世界上最南端的火地岛国家公园，群山环抱，森林密布，湖水清澈，壮观的莫雷诺大冰川，叹为观止。

智利，小而富的国家，听说，智利人有"三不"：不贪婪，不攀比，不追逐。这大概就是所谓的"安居乐业""坦然面对"吧。

119
【旅行直播】

智利首都圣地亚哥的市容也没有什么出彩之处,横贯城市的一条大道倒也宽敞,远远望去,总统府像一座神圣的宫殿,红蓝白三色旗高高飘扬,庄严肃穆。中央银行的金库坐落在一条僻静的马路上,大门金碧辉煌,毫不掩饰这是个储存国家财富的重地。年轻的警察十分闪眼,当然,一白一黑两个男女谈兴正浓,帅气的街头艺人,自我陶醉,演奏着抒情的小提琴曲。白胡子老爷爷,在为自己的油画作品完成最后的点睛之笔,自行车的租借也秩序井然,不失为圣地亚哥的一道独特风景线。

120

【旅行直播】

　　晨练，365天从不间断，我的晨练脚步已经走遍了世界各国的早晨。今天清晨第一次踏上南美的土地，不免有些新鲜和兴奋。时差已经调整，昨天一夜好睡，早晨更是精神百倍，甩开大步，独自快走在智利首都圣地亚哥的第一大道。当地时间早晨7点，马路上行人稀少，南美的第一缕阳光，洒向这座春光明媚的城市，似乎我的青春又回来了，一种莫名的活力在心中涌动。慵懒和麻木早已一扫而光。我的视线在搜索和发现，捕捉我感兴趣的瞬间，瞄准，定格。这也许是旅行对于我的最大魅力吧。

【旅行直播】

据说智利人信守的生活准则为三不：一不贪心、二不攀比、三不折腾。咋一听，十分诧异，按我们国人的理念，这不是安于现状，没有进取，缺乏奋斗精神吗？可转念一想，又觉得有几分道理，知足常乐么。乐，才是生活的全部。进取，奋斗，不就是为了一个"乐"字吗？我在智利的海滨花园城市威尼亚的所见所闻，得到了佐证。诺大的葡萄园里，坐落着一个精致的酒庄，几个闲人散坐在酒桌前，无所事事，品一口红葡萄酒，除了发呆还是发呆。一串串葡萄很小，那是酿酒用的；酿酒的设备也全部公开，其装祯十分精致，都是一件件艺术品。一家几个孩子的笑容都是灿烂的，他们无忧无虑，在爸妈的镜头前，是一个个可爱的小天使。是的，人类生活在同一个地球上，各有各的生活准则，生活方式，何必强求呢？至少对于我，是不是也能不贪，不攀，不折腾呢？泰然自若，心平如镜，也许是我今后的一个追求吧。

【旅行直播】

　　智利像一条长长的玉带镶嵌在浩瀚的太平洋沿岸，这便成了这个南美国家自豪的资本和理由。是的，海洋是人类生活延伸和拓展的摇篮，那一望无际的大海，为哥伦布发现新大陆提供了平台。大海，孕育了人类的全部文明史，诞生了多少历史名城，可以这样说，凡是世界著名城市都与海洋有缘。这样漫长的海岸线给这个默默的国度带来了几分自豪、几分荣耀呢？海滨花园城市威尼亚就依偎在大海的怀抱，蔚蓝的海水冲击着堤岸的岩石，卷起千堆雪万层浪。著名的海港城市瓦尔泊莱索，智利的海军基地，海边停泊着各种军舰，我也很荣幸地在其司令部前留了影。10公里的长滩，诱人的海豹礁使人流连忘返。有人说，比大海广阔的是天空，比天空更广阔的是人的胸怀。但我还是认为，最广阔的是大海，这是一种看得见摸得着的、实实在在的真正能感觉到的胸怀。

123

【旅行直播】

我不信教，但有信仰，这信仰不是来自宗教，而是自己的理想、追求和执着。然而，不信教的我，一踏进智利圣地亚哥的圣克里斯托巴尔山，又名圣母山，一种神圣、肃穆、宁静和凝重的感觉迎面扑来。圣母的塑像高高矗立在山顶，一股强大的可以震慑一切的威严震慑我的心灵。她高大、端庄而神圣不可侵犯。我端着相机企图从各个方位，或近或远，或左或右，或偏或正，寻找最佳角度，然而，再精确的方位、再美妙的角度，也不能呈现圣母的伟大形象。我不由回眸，那沉重的十字架，那虔诚的祈祷，那诚挚的祝福，使我灵光一闪，我几乎不假思索，只听轻轻咔嚓一声，按下了快门，因为此时此刻，圣母已经走进了我的心田。

秘鲁

兴衰王朝马丘比丘

秘鲁,印加帝国的发迹地,也是印加文明的发祥地。公元11世纪,印第安人以库斯科为首府,在高原地区建立了印加帝国。后来,被西班牙殖民者征服,直到1821年秘鲁宣布独立,被遗忘和废弃的印加帝国的遗址才重见天日。

马丘比丘,印加帝国晚期的遗址,库斯科小城的西北面,建于安第斯山两座险峰之间,东、西、北三面是陡峭的山崖,仅南面一条山道可供出入。巨石,巨砖,帝国的神庙,贵族的宫殿,平民的房屋,崎岖坎坷的石阶,绵延数公里,其规模,其险峻,其古朴,无与伦比。

库斯科,秘鲁历史名城。它的太阳神庙,印加王罗卡的宫殿,大教堂,修道院,渗透了浓浓的印加文明,让人流连忘返。

124
【旅行直播】

经过4个小时的飞行，抵达秘鲁首都利马。对于我们中国人来说，这是一个陌生的国度，除了我们几个黄皮肤黑眼睛黑头发，飞机上，机场里，马路上，几乎不见一个国人的身影。利马濒临浩瀚的太平洋，昏黄的夕阳悬挂在半空，为海岸涂上一层迷人的色彩。地画，利马的·绝。碧绿的草地上，出现一幅幅美丽的图案，或手掌或脚趾或树叶或花瓣……图案夸张，构思独特，想象力丰富。而

傍晚的爱情公园,则迸发出一股浓浓的南美风情。一对恋人相拥相吻的巨大雕像,高高矗立在公园中央,殷红的夕阳下,层层叠叠的海浪拍打着海岸,发出微微的喧嚣,低吟着一首爱情之歌。双双对对恋人好友,散坐四周,凭栏而望,吮吸着爱的甜蜜,陶醉着爱的浪漫,感受着爱的温馨。爱情,一朵喜怒哀乐、悲欢离合的奇葩,永远不败,永远惊艳!

125

【旅行直播】

真正的南美之旅也许从今天正式开始。从秘鲁首都利马飞行一个多小时,抵达海拔3700米的著名旅游小城库斯科。下飞机时刚下一场大雨,天边残留一抹亮色,黛色的大块云朵给天空增添了几分凝重和苍凉。夜色朦胧,时阴时雨,古老的石板路面经雨水的冲刷,反射着魔幻般的光亮。这里的建筑是典型的印加和西班牙风格的混合体。400

多年前，印加帝国的全盛时期，为这里的建筑物奠定了坚实的基础。西班牙人的入侵和征服，又注入了新的血液。一阵阵夜雨，如歌如诉，似乎在吟唱一首古老的印加的歌。不远的TUNUPA是我们自助晚餐的餐厅，廊形的建筑，长长的餐桌，穿着印第安人民族服装的歌手为我们演唱。歌声中仿佛吹拂着亚马逊的热风，委婉而热烈。一个白胡子老爷爷举杯在朝我微笑，我猛然一惊，这不是圣诞老人吗？顿时，神秘的时光隧道闪现在我面前，我纵身一跃，穿越到辉煌的印加帝国去了……

【旅行直播】

　　住宿，也许是旅行的一个重要内容，大家往往崇尚五星或超五星，这固然舒适、享受，但还有一种不为人关注的颇具特色的酒店常常被忽视。几年前去意大利，住宿在一家由修道院改建的酒店，那一夜已经过去好久好久，却依然历历在目，无法忘却。今晚我们在库斯科住宿的酒店，不是豪华的高楼，不是典雅的别墅，也不是精致的小楼，而是由过去一座贵族的宫殿改建的。我们下榻酒店时已经夜晚，大厅、走廊、立柱、楼梯、庭院、摆设、吊灯，无不蒙上一层古老、神秘、甚至诡异的色彩。房间的布局完全依照宫殿原有的设计，一个个房号是古罗马的数字。一间间房随着九曲十八弯盘陀路般的走道，依次排列。我曾自诩方向感极好，然而还是迷了路，因为这是复杂迷离的宫殿！我想，这家酒店也一定会留在我的记忆深处，大概个性最有魅力了。

127

【旅行直播】

马丘比丘，世界七大奇观之一，我们早已心驰神往。从酒店出发，坐两个多小时大巴，换乘山地火车，然后再坐一个半小时景区巴士，最后背着行囊，徒步登山。那里山高，离太阳近，紫外线特强，驴友们纷纷涂满防晒霜，徒步十几分钟，突然，峻岭峰巅，一座废弃的城池，一览无余地展现在我们面前。马丘比丘，印加帝国所在地。这里，离太阳神最近，所以建在山的最高处。后来印加帝国陨落了，这座隐藏在深山峻峰里的城池，在西班牙统治400年间没有发现，秘鲁独立100年里依然没有发现，直到20世纪初，才被一个美国人昭示天下，成为世界一大奇观。我们一个石阶一个石阶攀登，上上下下，这里是石头的天下，石头的王国。国王的宫殿、平民的住处、祭祀的广场、计时的指针、狭窄的街道、蔽日的茅舍、神的意志的怪石……我们喘气，但不停下脚步；我们流汗，但不忘拍照；我们摔跤，但相互搀扶；我们忘情，更热烈欢呼。广东籍美女导游为我们鼓劲加油，我们凭着一股劲，心里燃着一团火，在山石之间攀登整整两个半小时！真的人累，但值；真的脚软，但乐；真的皮肤晒黑，但美！因为我们走进了历史，面对了历史，懂得了历史，也享受了历史。

【旅行直播】

太阳，宇宙中最伟大的行星，它发出最强大的光亮和热量。地球人从开天辟地起，就对太阳顶礼膜拜，太阳至高无上。印加帝国建立在峻岭峰巅之上，就为了与太阳靠得最近，最易接受太阳的恩惠，而印加人可以成为太阳的最好子民。在印加帝国的巅峰时代，库斯科城的太阳神殿，便是帝国的中枢。神殿正中，在印加人心目中就是世界的中心，从而向四周辐射开去。何等雄伟的蓝图，何等壮丽的构想！四种颜色便是一年四季，而条条光焰便是通向世界的干道。我怀揣着无限的崇敬，徜徉

在这太阳神殿的广场，正殿、偏殿、长廊、庭院，不由抬头仰望天空，碧蓝的天空挂着一轮太阳，以其无比的光焰照射着大地，给人光明、温暖和力量。太阳，印加帝国心中的神，也是我们当代人心中的魂。太阳，永远不落！

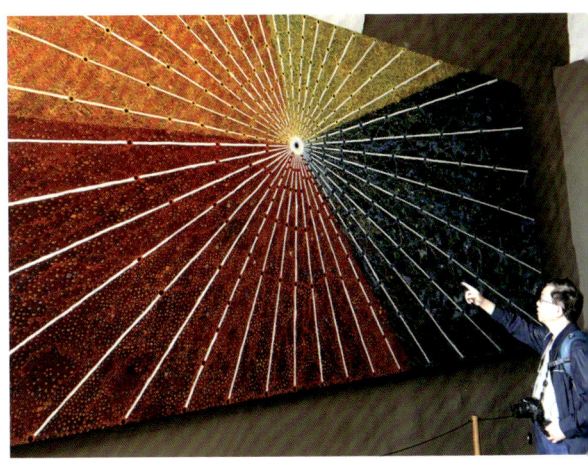

【旅行直播】

与秘鲁的告别在昔日印加帝国的重要军事要塞——撒撒瓦曼，当年，每天动用近三万人次，历时80年才建成的巨型石垩城塞。当时的武器就是木棍和石块，为了保卫家园的安宁，在广阔的原野呐喊厮杀，血肉横飞。如今，这里是一片广阔的草原，成了驼羊的生活乐园。蓝蓝的天上白云朵朵，青青的草地驼羊的叫唤声声。它们有时低头啃草，目不斜视；有时撒欢般奔跑，你追我赶；有时欢快地仰望蓝天白云；有时警惕地环视周围的敌情；有时相互嬉戏，乱奔乱跳。它们是群快乐使者，人类的朋友。相别还有相逢时，期待来日再相见。

阿根廷

冰封火地岛

布宜诺斯艾利斯，阿根廷首都，南半球第二大都市，科隆大剧院，仅次于纽约的大都会歌剧院、米兰的斯卡拉歌剧院，世界第三歌剧院。七月九日大道，往返18条车道，宽阔得无可比拟。五月广场，总统府玫瑰宫，阿根廷激情性感的探戈舞，每每使人向往和陶醉。

大冰川国家公园，阿根廷的骄傲。整个公园几乎是冰雪和冰川的王国。西部是冰雪覆盖的山脉、湖泊、森林和冰川；东部则是茫茫草原。步入冰川，不时听到冰川的崩裂声，看到在阳光折射下，冰川奇异缤纷的光晕和色彩。

乌斯环亚，地球最南端的城市，位于火地岛的南部，距南极仅900公里。它有地球最南端的邮局、银行、保险公司、中餐馆，也是登南极的必经之地。

130

【旅行直播】

　　阿根廷女总统的家乡，是一个靠近大冰川花园一般的小镇，它精致而又美丽，静静地镶嵌在蓝色的阿根廷河畔。乍听冰川，我立刻联想到前年光顾的阿拉斯加，寒冷，冰冻，然而这里却温暖如春，怎么也无法与冰川画上等号。我们下榻的温泉酒店是栋别墅般的建筑，典雅、别具一格，面对的就是弥漫着浓浓的南美风情的阿根廷河。当晚，晚餐的烤羊肉是一道不可拒绝的美餐，其嫩，其香，其鲜，不可言传。一个吃货说，能啃出骨髓里的滋味，才能说吃到了真正的阿根廷烤羊肉。我不是吃货，但也是个吃客，不敢怠慢，一连吃了两大块，实在好吃。

131
【旅行直播】

　　早晨，一天的开始；黄昏，夜晚的开始。同样开始，我喜欢早晨，它的开始，是东方满天斑斓的朝霞、是灰暗的天空渐渐变蓝、是朵朵白云以轻柔的身姿、曼妙的舞步，显示一个晴空的到来、是沉寂一夜的鸟儿，扑扇着翅膀，迎接新的一天的来临、是静寂了一夜的湖水，悄悄卷起阵阵涟漪，唱响黎明的歌、是游轮启动缆绳，准备载着一船游客，投入冰川的怀抱……看，小镇的早晨，多么绚丽，多么自信，多么激情，它预示着阳光烂漫的一天开始了！

【旅行直播】

冰川，在地球北端的美国阿拉斯加，我曾目睹它的雄姿，为它喝彩，被它震撼。那么，在地球南端的阿根廷湖的冰川，又将以什么样的身姿出现在我面前？我不免新鲜、好奇又微微激动。游轮在缓缓行驶，阿根廷湖面积很大，1600平方公里，深邃不见底，最深处250米。湖水是蔚蓝的，冰川雪水，冷得彻骨。随着游轮加速，风骤然凛冽起来，气温直线下降，我穿上冲锋衣，走上甲板。大多驴友穿上羽绒服，纷纷涌了上来。浮冰！浮冰！大大小小的浮冰出现在湖面上，而且越来越大，越来越多。那是冰块，在明媚的阳光下，闪着晶莹的蓝光，蓝得透明，蓝得透亮，蓝得耀眼，蓝得

迷人。我们看到的只是巨大冰块露出水面的一个尖，它的庞大身躯隐藏在水里。如果说，阿根廷像个贵妇，阿根廷湖是贵妇的纤纤玉指，那么这冰块就是佩戴在手指上一枚枚闪着蓝光的水晶钻戒。船尾的旗帜在寒风中猎猎作响，似乎在鼓掌喝彩。啊，前面一座ONELLI冰山，像一座巨大无比的蓝色屏障，出现在我们面前。游轮上不同肤色的游客齐声欢呼，忘记了寒冷。游轮戛然而止，停留，徘徊，不然，游轮就是泰坦尼克号了。驴友们争先恐后拍照留念。哦，这是大自然的一个奇观，给我的一个惊喜。导游说，还有一座更伟岸的冰川在等待我们呢。我的心又沸腾起来……

【旅行直播】

　　如果说，阿根廷冰川国家公园中的乌布莎拉大冰川的浮冰、不、冰山，凝重、晶莹、华丽，那么，国家公园中的莫雷诺大冰川，则宏大、狂野、奔放。小巧的游船，在几乎蓝得透明的阿根廷湖里急驶，一个巨大的冰的屏障赫然展现在我们面前。它闪着蓝光，深蓝，浅蓝，黄蓝，蓝色中隐隐几条淡褐色的条纹，一个地理学家说，那是冰山的裂缝，随时可能崩裂。这是活冰川，高达60米，面积250多平方公里，几十万年前堆积的冰雪而成。它没有死，还在继续生长。突然，耳边传来一阵轰响，像深山中放炮的声音，持续一两分钟，几乎同时，只见一座小小的冰山崩裂下来，溅起一朵朵冰雪的浪花。众人欢呼，尖叫，有的甚至鼓掌。老天给我们无比的恩惠，阳光格外灿烂。经过阳光的直射，折射，反射，冰川不断变化着缤纷的色彩，如梦如幻。隐隐约约，冰川深处又传来低沉的隆隆声，不知哪里的冰川又在崩裂。一圈圈一条条特制的盘山便道，为这震撼人心的冰川增添了几许亮色。底下不是砖石，也不是木板，而是小小方形的钢丝网，冬天不积雪，走路不打滑。扶手栏杆是黄色的原木，温馨而养眼。我们盘旋在上上下下的便道上，耳边不时隐隐传来冰川的崩裂声，阳光依然灿烂，莫雷诺冰川的巨大屏障依然闪现在我面前，因为我没有回去的欲望。

【旅行直播】

小时候学地理时，特别关注世界地图上两个"尖尖头"：非洲那个尖尖头——好望角；南美洲那个尖尖头——火地岛。好望角已经留下我的脚印，今天我终于投入了火地岛的怀抱。看，火地岛的乌斯卡亚，地球最南端的城市，地球最南端的中国餐厅，地球最南端的邮局，地球最南端的保险公司，地球最南端的银行，地球最南端的市政府办公楼，地球最南端的五星酒店，地球最南端的酷似马拉多纳的巴士胖司机，地球最南端的一次市民游行示威，要求减轻负担……踏上地球最南端的梦想终于成了现实，我不知道该说些什么，该写些什么，语言这时候是何等的苍白，因为能实现小时候就萌生在心中的理想，大概是世界上最幸福的事！

旅 行 杂 忆

【旅行直播】

　　五星酒店，国内国外，我住得不多，但也不少，然而，这家地球最南端的五星酒店，让我耳目一新。建筑的材质并不昂贵，装潢也不奢华，但是，它浓浓的艺术氛围，一墙、一砖、一桌、一椅、一灯、一梯、一窗、一门……似乎都悄悄涌动着一些艺术的细胞，大堂、咖吧、电脑室、休闲房……浑然一体，相得益彰。它建筑在山顶，周围郁郁葱葱的森林，背后连绵起伏的雪山，如一幅乡村油画，像一曲山野的牧歌。我想，住酒店如果能在艺术的长河里畅游一番，也不失为一种熏陶吧。

| 旅 行 杂 忆 | 295 |

136
【旅行直播】

曾自诩一辈子从事语言文字工作,写过小说、散文,出版过几十本厚厚的书,运用过无数美丽的词汇,又在语文的讲台上唠唠叨叨,给孩子们讲述如何如何运用我们中华民族的丰富语言,可是,今天,面对世界最南端的火地岛国家公园,面对世界最南端的火车站,面对世界最南端的公路尽头——阿根廷3号公路,面对世界最

南端的淡水湖，我才发现储藏在脑海里的词汇何等贫乏、寡淡、苍白，已经无法描摹、记叙、形容这车站的造型和色彩，鲁冰花的艳丽和妖艳，三箭齐发的白云的奇特和诡秘，淡水湖的宁静和安逸；我甚至怀疑自己是否读过书，写过字，怎么搜肠刮肚已经寻找不出什么词汇来，哪怕是只言片语？我更夸张地认为，没有亲身投入和拥抱这块世界最南端的土地，就别妄称自己是个热爱旅行的旅行者。我实实在在地震撼、迷恋、倾倒了！无话可说！真的！

137
【旅行直播】

  南美之旅最寒冷的地方终于到了，离南极最近的陆地——阿根廷和智利之间著名的海峡（CANALBEAGLE)之畔。一跨下巴士，狂啸的海风肆虐着横扫大地，一股彻骨的寒气无情地钻入我们的肌体。我们几乎没站稳，直奔世界最南端的邮件投递站，买一枚精致的明信片，给收件人写几句祝福的话，然后交给一个颇具特色的老人。他，卸任的乌斯怀亚市旅游局长，创办了这独特的投递站，为游客提供一个永远的留念，如今已经闻名于世。在这样一个特殊的地方，特殊的时刻，我是不会安宁的，冲进了这离南极最近的海峡之畔，一边是波澜壮阔的太平洋，一边是浩瀚无垠的大西洋，世界两大洋像一对久别重逢的情侣，在这里相会、拥抱和交融。一雌一雄一对情侣海鸟，也不感寂寞，在悠闲地漫步。远处，一艘满载着冒险家的破冰船，即将启航，驶向冰雪覆盖的南极。而一座世界最南端的灯塔，傲然屹立在波涛汹涌的海面上。我呢，不是旅行家，更不是冒险家，只是一个普通的旅行者，只是想实现自己的一个小小愿望，到世界各地，能去的地方去看看，能走的地方去走走，背上相机，带上笔，留一点痕迹，留一点纪念，如此而已。

【旅行直播】

阿根廷首都布宜诺斯艾利斯，大气、热辣和秀丽，给我留下了深刻印象。大巴在宽敞的七月九日大道行驶半个多小时，两边满目葱茏的公园还是望不到头。来回十多条车道，车辆川流不息，显得从容不迫。公园内的雕塑比比皆是，弥漫着浓浓的艺术氛围。近郊的老虎洲小镇，小巧玲珑，素有"南美威尼斯"美誉的巴拉那河蜿蜒曲折，两岸的别墅小楼星罗棋布，隐藏在绿树鲜花之中。玫瑰园里姹紫嫣红，其中，红玫瑰独占鳌头，独领风骚，引多少游客竞折腰。科隆剧院、独立纪念碑、贵族公墓、国会广场、五月广场、总统府、大教堂、贝隆夫人墓……时间仓促，只能走马观花，略知一二。晚上我们有幸观赏闻名于世的阿根廷探戈，也使我们的旅行进入了高潮。我对舞蹈一窍不通，但对探戈还是情有独钟，它的节奏，男女不同的舞步，不同的胯部摆动，尤其，舞蹈时头部的一抬一扭一回，简约、潇洒而性感，

往往让千万观众着迷。而阿根廷探戈更热辣,将男舞的狂野、强悍,女舞的引诱、放纵,演绎得淋漓尽致,但恰到好处。观赏这样的舞蹈无疑是一次艺术享受。观众有礼有节的掌声,是对演员表演的赞誉,也是为一场高雅的演出给了最好的佐证。晚会结束已经深夜,白天热辣的风有了一丝凉意。

巴　西

桑巴狂欢节

巴西,南美最大的国家,足球,它的名片;咖啡、甘蔗产量世界第一;桑巴狂欢节,举世闻名,人人皆知。

伊瓜苏大瀑布,一个瀑布群,大大小小275个瀑布组成,以它的气势磅礴,规模恢宏闻名于世。它的声响,它的水雾,几里之外都能耳闻,都能感受。

玛瑙斯,印第安人的故乡。亚马逊河,热带雨林,充满奇幻、神秘的色彩。黑白两河的交汇,魔鬼沼泽地,丛林茅舍,曲静衰败的木桥,嬉戏的小猴,几乎穿越了一个时代,一个神奇的动漫王国。

里约热内卢的科帕卡巴纳海滩,可以尽情感受巴西人的热辣和放纵。张开双臂的耶稣巨像,震撼每个人的心灵。狂欢节的滨海大道是桑巴的天地,桑巴的乐园。激越的摇滚、夸张的脸谱、光怪陆离的服饰,无所顾忌的表情,这才是人们心中真正的巴西人。

139

【旅行直播】

巴西伊瓜苏大瀑布，来到之前我的想象翅膀已经展翅高飞，它如何如何壮观、雄伟、气势磅礴、一泻千里……然而，我的想象翅膀还是苍白的、软弱的，甚至寡淡的。不可想象万能的上帝在天地之间能创造这样一个叹为观止的胜境！瀑布的声音震耳欲聋，如千军万马，奔腾不息。如洗的天空被弥天水雾笼罩，雾蒙蒙，水蒙蒙，一切皆在烟雨中。一座蜿蜒的栈桥伸向瀑布深处，游客们有的披上雨披，有的戴上雨帽，有的不怕淋湿冲上栈桥，更有人光身秀一下健壮的身躯。情侣们浪漫地在水中自拍，一家三口则在接受滂沱的水淋，我也不甘示弱，骄傲地跷起大拇指，尽管浑身已经湿淋淋。此刻，面对这样一个鬼神都为之震撼的瀑布，我突然发现自己渺小得可怜，就像地上一棵草、一片叶、一块土，弱不禁风，不堪一击，哦，大自然的鬼斧神工！这时，一股水流冲上我的脸颊，啊，这不是观音的甘露、上帝的圣水吗？是的，明天就是新春佳节，就把这伊瓜苏大瀑布的甘露和圣水，洒给我所有相识的或不相识的朋友，并致以衷心的新春祝福！

140

【旅行直播】

猴年的第一轮太阳升起来了！清晨的飞机上，飞往巴西旅游名城玛瑙斯，机舱外艳红的一片，横亘天宇，那是一抹初升的霞光，艳得耀眼，红得心跳，她孕育着生命，滋养着青春，储存着活力。金猴又一次轮回，新的一年又一次迈开脚步，呵，飞机的机翼在展翅欢迎，引擎在热辣鼓掌。在新春来临的时刻，我那火热的脸颊紧贴着小小的机舱，遥望着东方越来越红、越来越艳的阳光，在遥远的南美，在热辣的巴西，默默地衷心地向我的亲人以及亲爱的朋友们拜年！金色的新的一年已经进入我们的视野，活出自我，活出精彩！飞机降落了，朋友们，新年好！

141

【旅行直播】

一下飞机，玛瑙斯机场大厅，一场热辣的巴西桑巴迎接着我们。那热烈而狂野的节奏，具有极大的诱惑性和强烈的蛊惑力，我的胯部随着音乐情不自禁扭动起来。几个老外也加入这个行列。我突然意识到巴西的狂欢节已经拉开了帷幕。

玛瑙斯国家歌剧院门前的广场，夺人眼球，地面的砖石图案像层层海浪，滚滚向前，啊，设计者何等独具匠心！

亚马逊河的热带雨林，多么神秘而向往的名字。明天就要涉足，就要在这雨林里留下我们的足迹，留下我们的意志和力量。亚马逊河，多么神秘的名字，我的心已经飞向了那闷热、潮湿，树木杂草丛生，各种动物随时出没的雨林……

【旅行直播】

亚马逊河，早在地理课上就已经知道，后来又在地理杂志、好莱坞大片里获悉它的神秘、恐怖和狂野。据说，那里还有个世界奇观，黑白两河交汇，一种蓝色一种黄色，两种不同颜色的河水在这里相遇、碰撞，场面颇为壮观。不少旅行者为了这样一个奇异的场景，不远万里，纷至沓来。果然，当我们的游船一驶近这神奇之处，一蓝一黄两股水流，像黑白两条不同肤色的巨臂，相交、相搂，但就是不相融，好一个壁垒分明。导游盛了两杯水，请我们尝尝不同的滋味。可是，没人尝，只是看，因为比较脏。导游说，这两股水流来自不同的河，一条叫内格罗河，一条叫素里曼河，然后，两河汇合成亚马逊河。那么，亚马逊河的热带雨林呢？印第安人呢？我们的船终于靠了岸。

143

【旅行直播】

　　亚马逊河，我终于来了，匆匆地来，恋恋地去。它并不狂野，旖旎得让人窒息。更不恐怖，妖娆得令人陶醉。我几乎难以置信自己的眼睛，它就是我心中的亚马逊河？羞涩得像个恬静的待嫁的新娘。游艇在港湾歇息，帝王莲静静地漂浮在水面，成群结队的小猴上蹿下跳，尽显其调皮可爱的本性。远远的河滩上，隐隐传来我们听不懂的孩子的嬉笑声。我们的船尚未靠岸，一群大大小小的孩子踩着水向我们飞奔而来。呵，印第安人的孩子！有的怀抱小鳄鱼，手臂缠着小蟒蛇，让我们抱一抱，搂一搂，嘴里喊着半生不熟的中国话：美金！美金！意思我们知道，与它们搂抱拍照需要小费。孩子们好像并不友好，见我们纷纷掏口袋却掏不出一张美金小票，嗷嗷大叫，跳下我们的船，飞奔而去。有个大男孩还把手里的小鳄鱼抛向空中。天空一朵巨大的白云，好像一头雄狮，笑傲蓝天，俯瞰脚下幽静的河水，好一个亚马逊河护卫勇士！听说亚马逊河里有一种鱼，叫食人鱼，不大，身躯半尺左右，但食肉的本领异常高超，有人做过试验，将一只鸭子放入水中，不消一分钟，一群食人鱼就将鸭子吃得只剩下几根骨头。如果是人，同样的命运，所以赐名食人鱼。当然，这样凶残的鱼，其肉一定异常鲜嫩。于是，我们尝试一下江中独钓，可惜，一无所获。最后还是一个印第安姑娘钓上一条可恶的食人鱼。啊，亚马逊河竟如此好玩如此温柔，导游笑着说：你们只走了一小部分，真正凶险恐怖的亚马逊河我自己也不敢去呢。

144
【南美直播】

　　如果说上帝用了六天的时间创造了世界，那么第七天创造的就是巴西的里约热内卢。西方人以面包为主食，所以里约的面包山也确实形象逼真，一只大面包高高耸立在蓝天白云间。从面包山鸟瞰，帆船游艇星星点点，散落在碧蓝碧蓝的海水之中。一座小小的半岛，树木葱茏，掩映着栋栋超级别墅，据说很多住家是巴西的著名足球明星。悬崖峭壁上攀崖者一步一个脚印，努力地攀登，攀登者的脚印是坚实的，镌刻着顽强和毅力。海滩是里约的一张名片，巴拉瓜纳海滩最为著名。炙热的阳光，37摄氏度高温，然而，巴西人，女子沙滩排球，色彩缤纷的遮阳伞，半裸的男男女女，不论老幼，不论胖得出奇（奇怪，居然没有瘦的），不论皮肤粗糙得像树皮（也找不到皮肤细嫩的），都让自己的身躯在火辣辣的太阳下泰然自若，洒脱自如，一览无遗地暴晒，此时此刻，我才真正理解、体验、领会"热辣"这个词的全部内涵。

145

【旅行直播】

早知道巴西的狂欢节,但它是抽象和模糊的。这次很幸运地亲身投入了这伟大的节日,才真正明白什么是"狂",什么是"欢",狂欢的地点在沿着巴拉瓜纳沙滩的滨海大道,离大道不远,人们已经成群结队纷纷涌去,从某种意义上也是一次史无前例的盛大的化装集会。人们自己制作或购置了各式各样鲜艳的服装、面具、头饰、裙裾,自发地聚集在一起,扭动着桑巴,装扮着鬼脸,嬉笑着、呼喊着、歌唱着,无所顾忌,手舞足蹈,行进在马路上,发泄着身上的全部能量。灼人的阳光,气温高达37摄氏度,空气似乎在燃烧,然而,狂欢的人们真的疯了狂了,滨海大道成了人的海洋,人与人之间已经没有空隙,挤在一起、贴在一起、黏在一起,前拥后挤,人们已经不是在走,而是依靠惯性向前移动。我们这些来自中国的观光客,纷纷举起相机、手机摄下这激动人心的时刻。出乎意料,当我们的镜头对准他们时,他们不仅不拘谨,反而越发疯狂,朝我们扮鬼脸做怪腔,吐着长舌头,扭动着胯部腰肢。是的,这时候他们忘记了烦恼,他们也没有烦恼,不知道什么是烦恼,只是疯狂地发泄、热烈拥抱、放纵欢笑、热辣舞蹈……这才是真正的"狂欢"!我这才有点恍然大悟,因为它离我们太遥远太陌生了。

146
【旅行直播】

狂欢节固然"狂",确实"欢",但也异常"险"。与其说是一次参与、亲历,不如说是冒险。导游再三强调:里约的治安很差,抢劫的案件屡见不鲜。她还犹豫不决,要不要带我们去最疯狂的滨海大道,她说自己来到里约20多年,一次也不敢去过,因为不法之徒专门抢劫华人与观光客。可是我们这群超级旅行者怎么能放弃这千载难逢的机会?我们的超级领队当机立断:去!

旅行本来就是一种冒险。团中有位智慧女士,说,阿拉上海人怕啥?有一只聪明的脑子,跟伊拉白相相,走!她手拿一根登山手杖,扬了扬,武器有了,他们敢?导游说,里约小偷很少,不偷,喜欢抢,所以贵重物品:护照、钱币、首饰、手表一律放在酒店保险箱,但照片一定要拍,那么相机、手机务必小心。领队吩咐:一人拍照,几人放哨掩护。关键是,队伍绝对不能散开。当我们一融入这狂欢的人浪里,立刻身不由己,即使手拉手,也有被冲散的可能,而且跟着队伍走,也很盲目,看见的都是人的背影,见不到巴西人最丰富多彩的脸部,而且已经发现有几个黑

人小子在窥视我们手中的高级相机和苹果手机。于是，领队运筹帷幄，命令：撤退，上车，让我们的车通过小路超到狂欢队伍最前面，占领有利地形。果然，当我们赶到一个十字路口时，狂欢队伍还没有到，又发现路边停着两辆警车，两个警察在执勤，旁边还有一圈栏杆。这是个最佳位置，占领！这时有一对巴西夫妇匆匆赶来，向警察报案，狂欢队伍里已经发生多起抢劫事件。好心的警察对我们的导游耳语几句，叮嘱我们务必小心。就这样，我们盘踞了这块重镇要地，不再移动，在两个警察的暗中监护下，在栏杆的保护下，不法之徒几次游转、窥视，始终无法下手。当狂欢结束，相机手机的储存卡中留下了丰富的瞬间，我们这才如释重负，像打了一场胜仗，纷纷和两位警察握手拥抱表示感谢，然后班师回朝。那位智慧女士说，哪能？阿拉上海人 聪明伐？脑子不要太转噢！

147

【旅行直播】

　　巴拉瓜拉海湾，蓝色的海湾，宁静的海湾，远眺高高的耶稣山，受苦受难的耶稣张开双臂，迎接黎明曙光的到来。海风很柔，很轻，像上帝的手，抚摸着我们的脸颊、肌肤。跨海大桥以其特有的雄姿，横跨海面。我站在船头，手扶栏杆，心分外平静，几乎没有一丝波纹和涟漪。我深深地呼吸，又微微闭上眼睛，伸展一下双臂，这也许是我最轻松的时刻。一对情侣相依相偎，或许他们在尽情地享受爱的甜蜜，爱的甘露。我暗暗地祝福，真诚的爱，无私的爱，执着的爱，在伊甸园里，永存，常青。

148
【旅行直播】

　　马拉卡纳足球场，巴西最大的足球场，可以容纳7万多球迷，今年奥运会的开幕式就在这里举行。足球，巴西的代名词，巴西人为它而痴，为它而狂，为它而骄傲。我这个伪球迷，能在这里与一个伪球星合影，也是三生有幸。接着，在宽阔的桑巴大道与一位没有最胖、只有更胖的女士合影，也许"四生有幸"。我忽然遐想，如果能目睹这位女士在这桑巴大道上扭动桑巴，那可能"五生有幸"了。天空一片阴霾，灰蒙蒙的，可能要下雨，圣塞巴斯蒂安大教堂，以其独特的设计、风格，矗立在灰暗的浓云下，越发神圣和肃穆。在烟雨中，我们登上耶稣山——里约最高的山巅。耶稣以他特有的胸怀，伸展着双臂，好像在拥抱大地，又似乎在呼唤生命。云雾缭绕，看不见他的真容，正所谓"不识耶稣真面目，只缘珍藏在心中"。终于，我们要挥手告别巴西，告别南美四国：智利、秘鲁、阿根廷和巴西，23天漫长又短暂、紧张又松弛、刺激又欢乐的旅行要画上圆满的句号。又要连续飞行26小时回到家园。亲爱的朋友们，真的，我有点想你们了……

图书在版编目（CIP）数据

旅行直播/张成新著. -- 上海：文汇出版社，2017.3

ISBN 978-7-5496-1979-5

Ⅰ.①旅... Ⅱ.①张... Ⅲ.①游记—作品集—中国—当代 Ⅳ.①I267.4

中国版本图书馆CIP数据核字(2017)第027549号

旅行直播

作　　者	/ 张成新
摄　　影	/ 张成新
责任编辑	/ 乐渭琦
装帧设计	/ 陈益平
出 版 人	/ 桂国强
出版发行	/ 文汇出版社
	上海市威海路755号（邮政编码200041）
经　　销	/ 全国新华书店
印刷装订	/ 上海锦佳印刷有限公司
版　　次	/ 2017年3月第1版
印　　次	/ 2017年3月第1次印刷
开　　本	/ 889×1194　1/32
字　　数	/ 80千
印　　张	/ 10.125
书　　号	/ ISBN 978-7-5496-1979-5
定　　价	/ 65.00元